지하철을 탄 고래

푸른사상 동화선 03

지하철을 탄 고래

인쇄 2014년 12월 24일 | 발행 2014년 12월 27일

지은이 · 김미희 글, 최영란 그림
펴낸이 · 한봉숙
펴낸곳 · 푸른사상사
주간 · 맹문재 | 기획위원 · 박덕규
편집 · 지순이 | 교정 · 김수란

등록   제2-2876호
주소   서울시 중구 충무로 29(초동) 아시아미디어타워 502호
대표전화   02) 2268-8706~7 | 팩시밀리 02) 2268-8708
이메일   prun21c@hanmail.net
홈페이지   www.prun21c.com

ⓒ 김미희 · 최영란, 2014

ISBN 979-11-308-0315-9 04810
ISBN 979-11-308-0037-0 04810 (세트)

  값 12,000원

푸른사상 동화선 03

지하철을 탄 고래

김미희 글·최영란 그림

푸른사상
PRUNSASANG

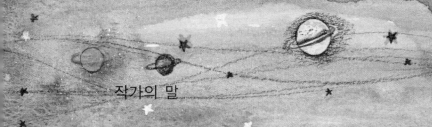

여러분은 어떻게 이곳으로 오게 되었는지 모르지만 나는 어느 날 갑자기 지구로 오게 되었어요. 아마 내가 지구라는 별에 간절히 가고 싶다고 졸라 대서 지구로 오게 되지 않았을까 생각해요. 지구별로 오기 전의 기억을 더듬고 더듬어도 한 조각도 떠오르지 않아요. 차라리 잘됐어요. 혹시나 그곳이 기억났다가는 툭하면 그리로 간다며 지구를 떠나려고 했을지도 모르니까요.

지구로 오기 전 나는 어느 별에서 살았을까?

여전히 궁금하지만 지구에 살아 보는 것도 나쁘진 않겠다는 생각이 들었어요.

그래서 놀고 먹고 자고 책 읽고 걷고 사랑하며 잘 살고 있었어요.

그런데 요즘은 내가 떠나온 별이 어디인지 알면 돌아가고 싶을 때가 많아요.

어쩜 지구가 이렇게 변해 가는지 모르겠어요. 점점 살기가 힘들어지고 있어요.

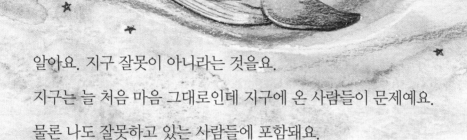

알아요. 지구 잘못이 아니라는 것을요.

지구는 늘 처음 마음 그대로인데 지구에 온 사람들이 문제예요.

물론 나도 잘못하고 있는 사람들에 포함돼요.

지구온난화라는 병은 정말 무섭더라고요. 악어도 암, 수 고루 태어나지 못하고 날씨도 너무 춥거나 너무 덥거나 엉망이고 세상이 뒤죽박죽 어지럽게 뒤엉켜 버려요. 사람들의 목숨을 앗아 가기도 하고요.

하지만 어린이 여러분이 있어서 정말 다행이에요. 지구별의 주인은 여러분이니까요. 어른들은 겁쟁이가 많아요. 고집쟁이도 어른들이 대부분이고요. 게으른 것도 어른들이에요. 욕심 많은 사람들도 죄다 어른이고요. 그래서 어른들은 할 수 있는 게 별로 없어요. 그러니 여러분에게 지구를 맡겨야 안심이 될 것 같아요.

나는 무엇보다 동화를 쓸 수 있어서 감사해요. 어린이가 될 수 있으니까요.

또 동화 속의 주인공들을 만나면서 조금은 용감해지고 있어요.

길고양이 꾸루는 자기 본래의 모습을 찾아 길을 떠나요.

지금쯤은 멋진 고양이 세상에 닿았을 거예요.

미연이 누나와 웅이 삼촌이 결혼하고 악어들, 거북이들도 결혼하여 지구에서 오래 우리와 살았으면 좋겠어요.

청개구리 거꾸리가 개구리만의 방식으로 서리대왕에 맞서 봄을 찾게 되었을 때 나는 얼마나 세게 박수를 쳤는지 몰라요. 아직도 손이 얼얼해요.

그리고 마지막으로 고래, 그래요 고래!

나는 〈고래를 사랑하는 시인들〉 모임에서 활동하고 있어요. 고래와 대화를 나누고 싶었어요. 고래 말을 알아들으면 얼마나 좋을까 참 아쉬웠어요. 나는 울산 바다에서 여러 차례 고래를 만났어요. 고래를 만났을 때 내 심장이 얼마나 두근거렸는지 몰라요. 어쩌면 나는 고래별에서 왔을지도 모르겠다는 생각이 들 정도였어요. 그래요. 나는 고래가 좋아요.

고래를 만나면 인사하려고 나는 주머니마다 인사말을 넣어 다녀요.

"고래야, 안녕! 만나서 반가워. 우린 널 기다렸어."

고래가 내게 들려준 이야기를 여기 조금, 아주 조금 풀어 놓았어요.

다음에는 여러분이 고래를 만나서

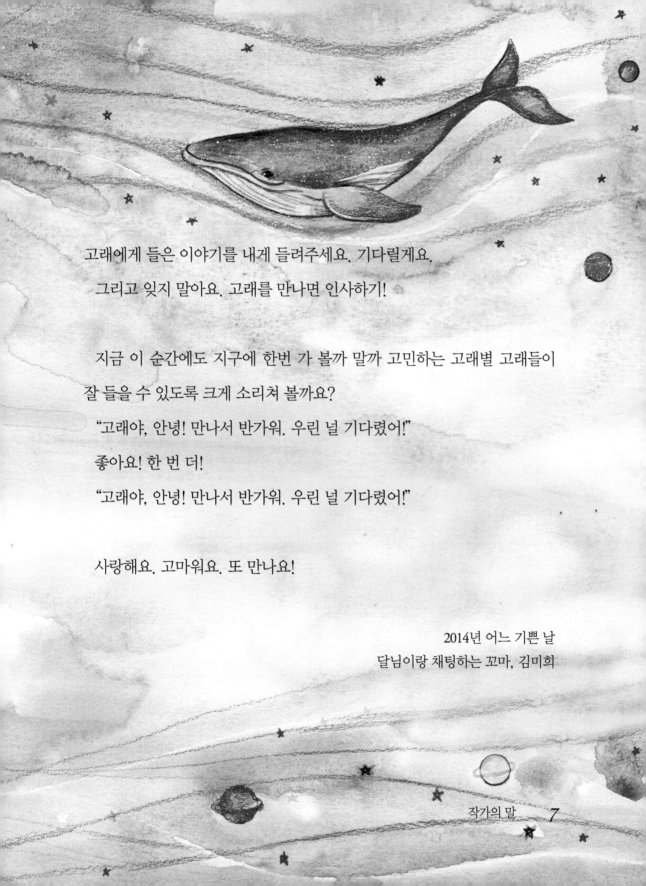

고래에게 들은 이야기를 내게 들려주세요. 기다릴게요.

그리고 잊지 말아요. 고래를 만나면 인사하기!

지금 이 순간에도 지구에 한번 가 볼까 말까 고민하는 고래별 고래들이

잘 들을 수 있도록 크게 소리쳐 볼까요?

"고래야, 안녕! 만나서 반가워. 우린 널 기다렸어!"

좋아요! 한 번 더!

"고래야, 안녕! 만나서 반가워. 우린 널 기다렸어!"

사랑해요. 고마워요. 또 만나요!

2014년 어느 기쁜 날
달님이랑 채팅하는 꼬마, 김미희

차례

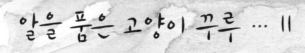

왜 끄루는 입고 있던 분홍 조끼를 벗어두고 갔을까요?

알을 품은 고양이 꾸루

딸깍,

노랗게 머리 염색을 한 아이가 기계 손잡이를 잡고 오른쪽으로 돌리자, 동그란 초록 알이 또르르 굴러 나왔다.

아이는 알을 꺼내 두 손가락으로 집고 이리저리 굴려 보다 입안에 쏙 넣었다가 뱉었다. 한입에 삼키기엔 너무 컸는지 손바닥에 올려놓았다가 쩍 깨물자 반으로 갈라졌다.

학교 문방구 앞을 서성대는 길고양이 꾸루는 눈을 동그랗게 떴다.

'아니, 저렇게 예쁜 걸 먹다니!'

다시 아이들 서넛이 알록달록 동그란 것들이 들어 있는 기계 앞에 몰려

서서 동전을 넣고 손잡이를 돌렸다.

딸깍, 딸깍, 딸깍, 딸깍.

아이들은 차례로 기계에서 나온 포도 알보다 더 큰 알을 으자작 깨물었다. 쩝쩝 단물을 내어 삼키는 소리가 맛있게 들렸다.

꾸루는 생각했다.

'알처럼 생긴 맛있는 먹이인가 봐. 생선 눈알일지도 몰라.'

만약 생선 눈알이라면 아마도 꾸루가 아직 보지 못한 어마어마하게 큰 생선의 눈알일 것이다.

생선 생각을 하자 입안에 군침이 돌았다. 배가 더 홀쭉해졌다. 옛 주인이 입혀 준 분홍 조끼가 헐렁하다. 보풀이 잡히고 밑단이 해졌지만 꾸루는 조끼를 벗을 수 없다. 꾸루는 전봇대와 담벼락을 유심히 보고 다녔다. '분홍 조끼를 입은 고양이 꾸루를 찾습니다'라는 전단지가 붙어 있을지도 모르기 때문이다.

언제 마지막으로 배를 채웠는지 기억나지 않는다.

꾸루는 문방구가 보이는 담장 위에서 아이들을 지켜보고 있다.

"보라색이 걸리면 좋겠어. 보라색 초콜릿이 제일 맛있어."

"난 주황색!"

아하, 꾸루는 저 알들이 '초콜릿'이라는 걸 알게 됐다.

어떤 맛일까? 음식물 쓰레기통을 뒤져 먹었던 생선들을 떠올렸다. 생선 모습이 눈앞에 왔다 갔다 했다.

꿀꺽, 꿀꺽, 초콜릿 넘기는 소리가 천둥소리처럼 들렸다. 초콜릿 즙이 아이들 입가로 흘러내렸다. 꾸루는 눈물이 나올 만큼 배가 고팠다. 혹시나 아이들이 조금은 나눠주지 않을까 기대하기도 했다. 고양이 체면에 말이 아닐 테지만 하나 던져 준다면 감사히 먹을 생각이다.

"고양이닷!"

아이 하나가 담벼락 위에서 지켜보는 꾸루를 발견하고 소리쳤다.

아이들이 알록달록 알을 씹으며 꾸루를 올려다보았다.

'얘들아, 나한테도 하나만 줘.'

"니야옹~"

꾸루는 애원했다. 목소리엔 힘이 하나도 없었다.

"저리 가."

나눠주기는커녕 뚱뚱한 배를 내밀며 아이 하나가 꾸루한테 돌을 던졌다.

초콜릿을 뺏어 갈 줄 아나 보다. 다행히 돌멩이는 꾸루가 있는 곳까지 닿지 못했다.

날아오는 돌멩이를 피해 잽싸게 도망쳐야 하는데 꾸루는 그럴 힘도 남아 있지 않았다. 몇 발짝 뒤로 물러나는 시늉을 할 뿐이었다.

아이들이 떠나고 어둠이 찾아왔다. 문방구 아저씨가 문을 잠그고 퇴근했다. 꾸루는 문방구 앞으로 내려가 보았다. 배는 홀쭉해질 대로 홀쭉해져서 분홍 조끼가 훌러덩 벗겨질 것만 같다. 그나마 어둠이 초라함을 가려 주었다.

꾸루는 문방구 앞에 자물쇠로 채워진 기계 앞에 섰다.

'신제품 왕초콜릿 뽑기'라고 쓰여 있었다.

꾸루는 앞발로 기계를 흔들어 보았다.

'고장이라도 나면 얼마나 좋을까?'

그때였다. 반짝, 학교 정문에 달린 가로등이 켜졌다.

화들짝 놀란 꾸루는 얼른 문방구 담벼락 구석으로 숨었다.

'이건?'

꾸루 앞에서 뭔가 반짝 빛났다. 꾸루는 앞발로 빛나는 것을 들어 올렸다. 그건 은빛 동전이었다.

기계 앞에 선 아이들을 쭈욱 지켜본 꾸루는 동전을 금방 알아보았다.

아이들이 구멍에 넣고 딸깍 돌리기만 하면 맛있는 초콜릿이 나오는 걸 보아 온 꾸루는 가슴이 두근거리기 시작했다. 동전을 꼬옥 쥐고 기계 앞으로 갔다.

기계 앞에 선 꾸루는 꼴깍, 마른침을 삼켰다. 불쌍한 꾸루를 위해 가로등이 주는 선물이 아닐까 하고 꾸루는 가로등을 올려다봤다. 고마운 인사를 하고 싶었다. 눈이 부셔서 제대로 쳐다보지 못했지만 가로등이 꾸루 마음

을 읽었기를 바랐다.

"후욱 후유."

꾸루는 숨을 깊게 들이마셨다가 뱉으며 길쭉한 동전 구멍을 찾아 동전을 넣었다.

털컥,

동전이 기계 안에 떨어지는 소리가 났다.

'무슨 색깔 초콜릿이 나올까?'

'초록색? 주황색? 파란색? 노란색? 빨간색? 흰색?'

꾸루는 초록색도 먹고 싶고 파란색도 먹고 싶고 갈색도 먹고 싶고 아무거나 막 먹고 싶었다.

꾸루는 앞발에 묻은 먼지를 토옥토옥 털고 나서 기계 손잡이를 오른쪽으로 힘껏 돌렸다. 한동안 먹은 게 없어 그런지 두 발이 위로 달려 올라가면서 후들후들 떨렸다.

꾸루는 이빨을 꼭 깨물며 앞발에 힘을 모았다.

"어영차!"

"딸깍!"

손잡이가 오른쪽으로 젖혀졌다가 팽그르 제자리로 돌아왔다.

초콜릿 하나가 또르르 굴러 내려왔다.

"야아옹."

절로 환호성이 나왔다. 하지만 얼른 입을 다물었다.

'누가 와서 뺏어 갈지도 몰라.'

'아니지. 이건 내 거야. 내 돈 내고 내가 뽑았는걸.'

꾸루는 큼큼 자세를 가다듬고 초콜릿이 나온 구멍에 앞발을 넣었다.

'무슨 색일까?'

가로등을 향해 알을 비춰보았다.

'어어, 이건 처음 보는 색인데?'

꾸루는 고개를 갸웃거렸다. 아이들이 뽑은 것들을 죄다 보고 있던 꾸루가 모를 리 없다.

흰색과 검은색이 얼룩덜룩 섞였는데 처음 보는 색이었다.

'이 색도 나쁘진 않아.'

꾸루는 입으로 얼른 초콜릿 알을 밀어 넣었다.

꿀꺽 삼키려던 꾸루는 앞발을 모으고 그 위에 초콜릿을 도로 뱉었다.

"이상해. 이건 뭔가 이상해. 왜 이렇게 따뜻하지?"

맙소사, 꾸루가 뽑은 초콜릿은 진짜 알처럼 온기가 느껴졌다.

하지만 꾸루는 배가 너무너무 고팠다. 아이들이 맛있게 먹던 모습이 떠올랐다.

초콜릿이 이상하긴 했지만 배가 몹시 고픈 꾸루는 얼룩이 초콜릿을 입으로 가져갔다.

'한입에 꿀꺽 삼키면 괜찮을 거야.'

꾸루는 정말이지 배가 고팠다.

꾸루가 얼룩이 알을 입안에 넣고 꿀꺽 삼키려 했다.

알이 너무 커서 목구멍에 넘어가지 않았다.

역시 아이들처럼 와자작 큰 소리가 나게 깨물어 씹어 먹어야 하나 보다.

꾸루는 뱉었던 알을 다시 입에 넣었다. 와지끈 씹어서 깨뜨려야지 생각했다.

꾸루가 얼룩이 알을 입안으로 넣은 다음 윗니 아랫니 사이에 알을 갖다 댔다.

이를 딱! 맞부딪쳐 깨물려는 순간, 뭔가 꿈틀거리는 것만 같았다.

꾸루는 다시 알을 뱉고 귀에다 갖다 댔다.

콩닥콩닥콩닥콩닥.

심장 뛰는 소리가 들렸다.

꾸루는 참을 수 없을 만큼 배가 고팠지만 먹을 수가 없었다. 작은 새가 거기 들어 있는 걸 알아버렸다.

꾸루는 어쩔 수 없이 분홍 조끼 주머니에 알을 집어넣었다.

무겁고 헐렁해진 조끼가 땅에 닿지 않도록 살금살금, 사뿐사뿐 걸었다.

배는 여전히 고팠다.

낮에 꾸루가 아이들을 보듯 가로등도 꾸루를 가만 보고 서 있다.

'너는 뭐라도 먹은 거니?'

꾸루가 가로등에게 물었다. 따뜻한 우유가 그리웠다.

가족을 잃어버린 꾸루는 어느 날부터 어떤 아이네 집에서 살게 됐다. 분홍 조끼도 그 아이가 입혀 줬다. 어느 날 아이가 꾸루를 데리고 밖으로 나왔는데 놀다가 깜깜해지자 아이 혼자 집으로 가 버렸다. 꾸루가 어딨는지 찾지도 않고. 아마 꾸루랑 나온 걸 깜박 잊었을 것이다.

"넌 길을 잃을 걱정 안 해도 되겠구나."

꾸루가 가로등에 기대며 말했다.

'알은 배고프지 않을까?'

"너는 어쩌다 길을 잃었니? 설마 너, 알에서 깨어나기도 전부터 엄마 말을 안 들은 거니?"

꾸루는 주머니 속 알에게 호통치는 시늉을 했다. 엄마가 꾸루에게 그랬던 것처럼.

엄마 얼굴이 그려지지 않는다. 엄마가 위험한 곳엔 가지 말라고 했을 때 말을 들었어야 했다. 이제 와 후회해도 소용이 없다는 걸 안다. 수도 없이 후회해 봤으니까. 눈물 흘리지 않으려 참았다. 눈물을 보면 마음만 약해지니까.

꾸루는 알을 어루만졌다.

"얼마나 다행이니? 나를 만나서. 만약 아이들이 널 뽑았으면 너는 벌써 꿀꺽 삼켜졌을 거야. 하지만 걱정 마. 어떤 일이 있어도 나는 너를 먹지 않을게."

꾸루가 낮은 소리로 속삭였다.

꾸루는 눈꺼풀이 자꾸만 감겨 왔다.

어느새 스르르 잠이 들었다. 주린 배를 안고.

꾸루는 리어카가 지나는 소리에 눈을 떴다. 새벽마다 골목을 다니며 상자를 모으는 할아버지가 지나간다. 벌써 날이 밝았다.

꾸루는 눈을 뜨자마자 주머니를 만져 보았다. 알은 아직도 잠에서 깨지 않았나 보다.

"요런, 잠꾸러기 같으니라고!"

꾸루는 입가에 희미한 웃음을 머금고 주인 아이가 그랬던 것처럼 알을 쓰다듬었다. 배는 몹시 고팠지만 왠지 든든했다.

'어떤 아기 새가 나올까?'

꾸루는 궁금했다.

"누가 우유를 여기다 버렸누?"

유통기한을 살펴본 할아버지가 우유가 든 팩을 열어 담벼락에 버리고는 우유팩만 수레에 싣고 갔다. 꾸루는 할아버지가 사라지자마자 쏟아진 우유로 다가갔다. 혀를 내밀고 허겁지겁 우유를 핥았다. 하수구로 흘러들어가 버리기 전에 먹어야 했다.

"아, 살 것 같아!"

꾸루는 배를 두드렸다. 불룩해진 배에 분홍 조끼 품이 얼추 맞았다.

배가 든든해서 몸도 따뜻해 왔다. 이제 주머니 속 알도 훨씬 따뜻해할 것이다.

꾸루는 산책을 가려고 몸을 일으켰다. 일어나 어슬렁어슬렁 걷기 시작했다.

한쪽 주머니가 묵직하니 기우뚱 기울었다.

엄마가 꾸루를 가졌을 때 자랑스레 배를 내밀고 다녔다는 말이 생각났다. 꾸루도 묵직한 주머니를 가졌으니까 일부러 느릿느릿 걸어 다녔다.

"벚나무야, 너는 아니? 여기 누가 있는지?"

벚나무는 말없이 웃기만 했다.

"아기 새가 여기서 자고 있어."

꾸루는 학교 길 가장자리 가로등한테도 다가가 속삭였다.

가로등은 낮이라 깊은 잠에 빠져서 꾸루 이야기를 듣지 못했다. 아무렴. 그래도 꾸루는 상관없다.

벌써 사흘이 지났다.

부르릉 부릉부릉,

중국집 배달 오토바이가 쌩 달려갔다.

꾸루는 콕 고꾸라질 뻔했지만 잽싸게 오른쪽 주머니를 추어올리며 담벼락에 붙어 섰다.

"어휴, 큰일 날 뻔했네. 놀랐지? 이제 괜찮아. 나였으니 망정이지, 굼뜬 고양이였으면 아마 피하지 못했을걸. 그러니 꼭 기억해 둬야 해. 내가 얼마나 대단한 고양이인지."

"니오옹!"

언제부터 지켜보고 있었는지 모르겠다. 골목대장 노릇을 하는 고양이, '덩치'가 다가왔다. 아니나 다를까 알이 든 주머니를 째려보았다.

'뭐지, 그건?'

턱짓으로 물었다.

"아, 아무것도 아냐. 그냥 뭐."

"그으래? 그럼 어디 볼까?"

덩치가 다가왔다.

"아, 안 돼. 너랑은 상관없어. 먹는 거 아니라고!"

꾸루는 주머니를 뒷발로 감쌌다.

"보면 알 거 아냐? 이리 내!"

알이 자고 있는데 덩치는 너무 시끄럽게 굴었다. 덩치가 알을 보면 한입
에 꿀꺽 삼켜 버릴지도 모른다.

꾸루는 알이 떨어질까 봐 막무가내로 도망갈 수도 없었다. 둘러보았다. 도와줄 친구들이 아무도 보이지 않았다.

오솔길이 보였다. 저리로 도망가면 덩치는 오지 못할 것이다. 덩치는 흙 밟는 걸 싫어한다. 꾸루는 그걸 알고 있다.

'조금만, 아가야. 조금만 참아.'

빠아앙, 자동차가 지나갔다. 덩치가 놀라 움찔 뒤로 물러섰다.

'이때다.'

꾸루는 주머니 알을 지그시 안고 흔들리지 않게 애쓰며 건너편으로 뛰었다. 자동차가 끼이익 브레이크를 밟았다. 귀가 먹먹했다.

"휴우, 아가야, 괜찮니?"

지하철을 탄 고래

알이 꿈틀 대답한 것 같기도 했다.

오솔길로 접어들었다. 코끝에 감기는 흙냄새가 자동차 냄새와는 달랐다.

그때였다. 메추라기 한 마리가 꾸루 머리 위에서 맴을 돌다가 부리를 내밀고 다가왔다. 날개를 퍼덕이기도 했다. 꾸루는 어지럽다고 나무랐다.

"야옹 야옹."

꾸루는 앞발을 휘저었다.

"너 왜 그래? 정신이 하나도 없잖아."

메추라기는 아랑곳없이 꾸루 주머니 알을 탐냈다.

"눈독 들이지 마! 이건 먹는 게 아니라고!"

꾸루는 발톱을 세웠다. 여차하면 혼쭐을 내 줄 작정이다.

메추라기는 꾸루의 세운 발톱에도 아랑곳없이 막무가내로 주머니에 부리를 대고 콕콕 쪼았다.

"저리 가라니까!"

꾸루가 험악한 표정을 지어 보여도 소용없었다. 메추라기는 꾸루 조끼 주머니에 꼿꼿한 부리를 댔다.

쪼옥,

주머니에서 알이 갈라지는 소리가 났다.

꾸루는 발톱을 얼른 숨겼다. 조심스레 주머니에서 아기 새를 꺼냈다. 아기 새는 날개를 접은 채로 젖어 있었다.

끼리릭 끼리릭.

꾸루는 아기 새의 접힌 날개를 살짝 펴 주려고 했다. 꾸루 발이 떨렸다. 심장이 빠르게 두근대기 시작했다.

아기 새가 천천히 고개를 들어 꾸루를 보았다. 아기 새의 그 작은 입을 본 꾸루는 헉, 심장이 멎어 버릴 것만 같았다. 이름을 아직 지어 주지 못했다는 생각났다. 아기 새에 꼭 맞는 이름이 무얼까? 왜 진작 이름을 생각해 놓지 못했을까? 깨어났을 때 바로 불러 주면 얼마나 좋았을까? 꾸루는 준비성 없는 자신을 탓했다.

"끼이잉 끼이잉."

아기 새가 무슨 말을 건넸다.

"뭐라고?"

꾸루가 귀를 기울였다. 그때였다.

메추라기가 순식간에 아기 새를 물고 나무 덤불로 날아갔다.

'아니, 그럼 네가 엄마?'

꾸루한테 달려들던 메추라기는 바로 아기를 찾으러 온 엄마였다.

아기 메추라기를 품었던 주머니가 허전했다. 마음이 짜르르 아려 왔다.

꾸루는 덤불 쪽으로 앞발을 흔들었다.

"잘 가! 아기 새야."

아기 새가 잃어버렸던 엄마를 만나 다행이다. 꾸루는 진심으로 그렇게 생각했다.

나무 덤불이 아기 새와 어미 새를 숨겨 주었다. 지금쯤 둘이 꼭 안고 있을 것이다. 정신없이 부리를 비비고 있을 것이다.

'엄마 메추라기는 아기를 찾아 얼마나 헤맸을까? 내 주머니에 숨었는데도 기어이 찾아내다니……'

코끝이 찡해 왔다. 울지 않으려고 했는데 눈물방울이 또록 떨어졌다.

'엄마, 우리 엄마도 애타게 나를 찾고 있을 거야.'

꾸루는 엄마를 찾아 나서기로 했다.

'절대로 전봇대를 보지도, 담벼락을 보지도 않을 것이다.'

꾸루는 분홍 조끼를 벗어 나뭇가지에 걸었다.

앞으로 씩씩하게 나아갔다.

오솔길을 벗어나자 햇살이 짙게 내려왔다.

이제껏 조끼에 가려져 있던 꾸루의 잿빛 털이 아침 바람을 맞으며 부스스 부스스 일어섰다.

왜 동물들은 암 수 고르게 태어나지 못할까요?

색시가 필요해

올해 마흔 살이 된 우리 삼촌은 우리랑 같이 산다. 삼촌은 과자 맛을 보고 그것에 대해 보고서 쓰는 일을 한다. 과자를 무진장 먹어야 한다. 삼촌 덕분에 나는 S회사에서 나오는 과자는 가장 먼저 먹어 볼 수 있다. 그러나 엄마는 삼촌이 과자 먹는 어른이라 장가를 못 가는 건 아닌지 걱정이란다.

(아빠가 그러는데 '월급이 적어서'라고 말하는 게 차라리 솔직한 거라신다.)

삼촌에게 여자 친구가 있긴 하다. 초등학교 때부터 사귄 오래된 여자 친구. 이름은 오미연이다. 미연이 누나(꼭 누나라고 불러야 한다. 아줌마라고 부르면 기절하려고 한다.)는 전자 제품 회사 연구소에서 일하는 연구원이

다. 누나는 회사와 상관없는 것들을 연구하는 일이 더 많다. 그 회사 사장
님은 누나가 엄청 열심히 일하는 줄 안다. 유능한 과학자라며 상까지 내렸
다. 회사 다니기도 바쁜데 누나는 동물들을 돌본다. 그건 동물을 끔찍이 사
랑하게 태어난 '운명' 같은 거라고 했다. 그런데 미연이 누나네 엄마는 동
물을 끔찍하게 싫어한다. 우리 엄마도 마찬가지다. 하지만 누나는 삼촌이
만만해서인지 걸핏하면 보살펴야 할 동물을 삼촌에게 맡긴다. 삼촌도 어
쩌지 못한다. 엄마의 잔소리를 참으며 미연이 누나 부탁을 들어준다. 나는
삼촌이 그러는 이유를 알 것 같기도 하고 모를 것 같기도 하다. 한마디로
아리송하다.

학교에서 돌아오니 삼촌이 외출 준비를 하고 있었다.

"삼촌, 출근해? 벌써 신제품 나왔어?"

"신제품이 뭐 붕어빵인 줄 아냐? 간만에 제대로 좀 쉬어 보려는데 달콤
한 휴식을 방해하는 골치 아픈 인간 있잖냐? 좀 전에도 왔다 갔건만 그 새
를 못 참고 또 나를 불러낸다. 길 잃은 강아지 주인 찾아 주는 광고 내 달라
나. 나 원 참. 30년 우정 지키느라 내 허리가 휜다. 휘어. 절교를 하든지 해
야지."

점퍼를 찾아 입으며 삼촌은 귀차니즘 대왕처럼 얼굴엔 짜증 주름을 가득
새겼다.

'절교를 하든지 해야지'는 우리 삼촌 입에 붙어사는 말이다. 삼촌이 말하는 골치 아픈 인간이란 당연히 미연이 누나다.

"참, 웅아, 내 방 책상 아래 악어 한 마리 있다. 색시 악어라서 소중하대나 어쨌대나? 오전에 미연이가 맡기러 왔더라고. 엄마가 보시더니 어찌나 고함을 지르던지 말야. 아주 기겁을 하더라. 돌려줄 때 돌려주더라도 너에게 보여 주고 하겠다 하고 일단 넘어갔지. 엄마는 외할머니 병문안 가신다더라."

나는 얼른 달려가 책상 밑에서 상자를 꺼내 보았다.

"악어가 어딨어? 알뿐이구만."

투명 상자 안을 요리조리 살펴봐도 하얗고 탱탱한 알이 들어 있을 뿐이었다.

"야, 조심해, 인마. 그러다 떨어뜨릴라? 곧 깨어날 거라고 했어. 아, 또 늦었다. 웅아, 삼촌 다녀올게."

삼촌은 운동화를 대충 구겨 신고 허겁지겁 나갔다.

나는 서둘러 아름이에게 전화했다. 아름이는 호기심 덩어리다. 역시나 전화기 밖으로 아름이 소리가 방방거리며 뛰쳐나왔다.

"정말? 정말 악어 알이야?"

"동물을 무지, 아니 무시무시하게 사랑하는 과학자 누나가 맡겼어. 색시 악어가 될 알이래. 못 믿겠으면 와 봐."

아름이는 한달음에 달려왔다. 악어 알에서 눈을 뗄 줄 몰랐다.

"그런데 이웅, 어떻게 얘가 암컷인 줄 알아? 아직 모르잖아."

아름이가 띠록띠록 눈을 굴리며 탐정처럼 물었다.

"그, 그러게 말야. 그걸 아직……. 삼촌한테 전화해 볼게."

삼촌 휴대폰은 꺼져 있었다.

'에이, 삼촌은 아무리 급해도 그렇지. 얘기해 주고 가면 될 것을……. 아름이한테 똑똑해 보일 수 있는 절호의 기회인데…….'

학원 가야 한다는 아름이를 배웅하고 나는 수학 숙제를 시작했다.

'과학자들은 악어가 깨어나기도 전에 성별을 알 수 있는 걸까?'

궁금증이 머릿속을 맴돌았다. 수학 문제도 더는 풀리지 않고 제자리에 멈춰 버렸다.

"옴푸 옴푸."

삼촌 방에서 이상한 소리가 났다. 도둑일지도 모른다는 생각에 나는 야구방망이를 찾아 들고 살금살금 삼촌 방으로 갔다.

그 소리는 악어 알이 내는 소리였다.

"옴푸 옴푸."

울음소리는 계속 되었다. 악어 알이 꿈틀거렸다. 투명 상자에 작은 떨림이 일었다. 악어가 깨어나려고 발버둥을 치는 것 같았다. 병아리는 깨어날 때 어미 닭이 주둥이로 쪼아 줘야 한다는데 악어는 어떻게 하지? 투명 상자를 찬찬히 살펴보니 오른쪽에 온도계와 작은 버튼이 여러 개 달려 있었다. 모두 파란색인데 노란색 버튼이 하나 있었다. 나는 순간적으로 노란 버튼을 꾹 눌렀다.

'으아악! 이게 어찌 된 일이지?'

버튼을 누르자 갑자기 방 안에 높다란 알둥지가 생겼고 알이 내는 소리

를 들었는지 어디선가 엄마 악어가 나타나 둥지를
허물어뜨렸다. 나는 재빨리 옷장으로 숨었다. '빠꼼'
옷장 문을 열고 내다보았다. 삼촌 방은 순식간에 미
시시피 강변으로 변했다.

다행히 악어는 나를 본 것 같지 않았다.

"옴푸 옴푸 옴푸."

알들이 요란스레 울었다.

"흐과아 흐와아."

엄마 악어가 아빠 악어를 불렀다.

일광욕을 즐기던 아빠 악어가 어기적대며 다가왔다.

"여보, 당신도 들리지요? 우리 아기들이 알 속에서 엄마를 부르는 소리

예요."

아빠 악어는 태연한 척 뒷짐 지고 있으면서도

알에 눈길을 주고 있었다.

엄마 악어는 입으로 알을 콕 쪼아 새끼가 깨어나게 도와주었다.

"첫째 아들이 태어났어요. 당신 닮아서 아주 용감할 거예요. 그렇죠? 여보!"

아빠 악어는 대답 대신 눈살을 찌푸렸다.

두 번째 새끼 악어가 태어났다.

"여보, 둘째도 당신 닮은 늠름한 아들이에요."

엄마 악어는 애써 웃어 보였다.

셋째, 넷째, 다섯째…… 서른여덟 개의 알에서 새끼 악어가 태어났다. 모두 수컷이었다.

진작부터 두 눈을 감아 버린 아빠 악어의 얼굴엔 노여움이 가득했다.

그 많은 알들이 왜 모두 수컷뿐인지 나는 도무지 이해가 되지 않았다.

"여보, 얘는 뭔가 달라 보이지 않나요?"

엄마 악어는 끝까지 희망을 버리고 싶지 않은 듯했다. 서른아홉 번째 마지막 알만 남았다. 다른 알들보다 조금 작았다. 아직 깨어날 기미는 보이지 않았다.

엄마 악어의 턱이 가늘게 떨리고 있었다. 옆에서는 갓 깨어난 새끼 악어들이 박자를 못 맞추고 울어 댔다.

엄마 악어가 알에 귀를 대 보려는 순간 아빠 악어가 알을 집어 멀리 던져 버렸다.

"필요 없는 새끼 악어들도 당장 치워!"

"안 돼요, 여보!"

엄마 악어는 다급하게 새끼들을 감싸며 소리쳤다. 엄마 악어가 미처 손써 보기도 전에 막내 알은 어딘가로 사라졌다. 엄마 악어 눈에서 눈물이 흘렀다. 아빠 악어는 슬퍼하는 엄마 악어를 남겨 두고 혼자 물속으로 들어가 버렸다. 엄마 악어가 불쌍했다. 엄마 악어는 울어 대는 새끼들을 입안에 태우고 길게 자란 강가의 풀을 헤치며 나아갔다.

"내 아기들을 버릴 순 없어. 가자. 얘들아. 아무도 모르는 으슥한 곳으로 가자. 너희가 수컷이라 해도 없앨 수는 없는 일이야. 흑흑."

엄마 악어 우는 소리만 강물에 실려 퍼져 갔다. 나는 당장 가서 부성애라고는 눈곱만치도 없는 아빠 악어를 혼내 주고 싶었다.

나는 옷장 문을 열고 뛰쳐나왔다. 그런데 언제 어디서 굴러왔는지 내 발앞에서 알 껍데기가 갈라지며 새끼 악어가 막 깨어나는 게 아닌가?

'빨리 삼촌에게 알려야지.'

나는 조바심이 났다. 마침 바지 주머니에 있는 휴대폰으로 삼촌에게 전화를 걸었다. 분명 또박또박 번호를 눌렀는데 휴대폰 창에는 계속 다른 번호가 떴다.

'자꾸 왜 이러지?'

가슴이 터질 것 같았다. 전화기가 고장인지 이상한 번호만 찍혔다.

"저기요, 악어가 깨어났다고요. 제발 전화 좀 걸어 주세요. 우리 삼촌 번호는 010-3210-7654예요."

얼른 알려야 하는데 맘대로 되지 않았다. 울고 싶었다. 할 수 없이 나는 강으로 산책 나온 사람들을 향해 손나발을 만들어 외쳤다. 내 말을 알아듣지 못하는지 대꾸하는 사람은 아무도 없었다. 나는 발만 동동 굴렀다.

"그래. 맞다니까. 그럼, 확인했지. 얼른 이송 준비해 줘. 오케이."

거실에서 전화번호를 불러 주는 소리가 들렸다. 미연이 누나다. 아, 내가 책상에 엎드려 깜박 잤나 보다. 누나가 받아 적는 전화번호 소리랑 헷갈려 꿈속에서 자꾸 허투루 번호를 눌렀나 보다. 나는 입가에 흘러내린 침을 닦으며 거실로 나왔다.

"이웅, 집에 있었네. 잤어? 웅아, 이리 와 봐. 우리 색시 악어 아직 못 봤지?"

누나는 들떠 있었다.

"진짜 깨어났어요? 수컷 아니에요?"

"얘가 악어 심장 떨어지는 소리 하고 있네. 요기 잘 봐라. 분명 암컷이야. 이 색시 악어를 수컷들뿐인 미시시피 강으로 데려갈 거란다."

미연이 누나는 악어 새끼를 흐뭇한 눈빛으로 바라보았다.

"왜 거긴 수컷들뿐이에요?"

삼촌은 우리 얘기를 듣고 있는 건지 마는 건지 주머니에 든 과자 봉지만 부시럭대고 있다.

"그게 다 우리 사람들 때문 아니겠냐. 지구 온도가 얼마나 올랐는지 봄에도 33도잖아. 미시시피 악어는 깨어날 때 온도로 암수가 결정되거든. 모두 수컷만 태어나서 악어가 멸종 위기야. 이러다간 머지않아 인간도 멸종될지 몰라. 우리 연구원이랑 겨우 암컷이 태어나는 적정 온도의 둥지를 만들긴 했지. 그렇지만 그렇게 태어난 악어가 낳을 수 있는 알이 얼마나 되겠어? 희귀종으로 보호받아야 될 형편인걸. 웅아! 이 누나는 참말로 괴롭다. 왜 내 귀에만 동물들 울음소리가 들리는지 모르겠다. 증말.

결혼하고 싶어도 애들 때문에 결혼을 못 한다니까.”

“당연하지. 무시무시한 동물을 사람보다 더 좋아하는 너랑 누가 결혼하겠냐?”

삼촌이 비아냥거렸다.

“쳇, 사돈 남 말 하시네. 사탕이나 빨아 먹는, 유치한 당신 걱정이나 하시지.”

미연이 누나도 지지 않았다.

“그래, 잘됐네. 서로 안 보면 되겠네. 절교하자고, 절교!”

삼촌 입에 붙어사는 저 말은 언제 이사 갈지 모르겠다.

나는 이 색시 악어가 낳는 알은 부디 암수 반반씩 깨어나길 기도했다.

간신히 회사에 휴가를 낸 누나가 데이비드랑 미국으로 떠나고 며칠이 지났다. 새벽 4시쯤 되었을 거다. 누가 초인종을 막 눌러 댔다. 우리 식구는 다들 머리가 부스스한 채로 한꺼번에 거실로 쏟아져 나왔다. 미연이 누나가 상자를 안고 서 있었다.

“오미연! 이번엔 또 뭐야?”

삼촌이 가늘게 뜬 눈으로 흘겨보며 물었다.

“저, 우리 엄마가 말야…… . 이거 붉은바다거북인데 깨어날 때까지만 맡아 줘. 암컷들만 태어나서 얘는 거북이 총각으로 깨어나야…… .”

누나 말꼬리가 아래로 내려갔다.

어이없다는 표정으로 듣고 있던 엄마의 말 폭탄이 '펑' 하고 터졌다.

"어휴, 내가 못 살아. 이봐, 미연 씨. 그 집엔 안 되는 게 우리 집엔 돼? 혹여 그 연구 상자 작동이 잘못되면 무슨 사고를 당하라고! 내가 아주 조마조마해서 못 살겠다니까. 아휴, 지긋지긋해! 정말."

엄마는 불빛에 눈이 부셔 눈을 제대로 뜨지 못한 채 소리를 빽빽 질렀다.

그러곤 씩씩거리며 방문을 '꽝' 닫고 들어가 버렸다.

"죄송합니다."

미연이 누나 고개가 푹 꺾였다.

"야, 오미연, 넌 양심도 없냐? 네 사정만 중요해? 지금 다 자는 시간인데 꼭 이렇게 깨워야 하냐고! 그리고 언제까지 네 부탁 고분고분 들어줘야 하는데? 당장 도로 가져가. 가져가라고!"

삼촌이 누나에게 이렇게 진짜로 화를 내는 건 처음 봤다.

"지금 막 귀국하는 길이니 그렇지. 나는 뭐, 하고 싶어 이러는 줄 알아? 나도 동물들 데려오고 싶지 않단 말야. 나라도 안 하면 얘들이 지구에서 영원히 사라지는데 그래도 좋아? 흑흑. 인정머리 없는 놈. 이제까지 너를 친구로 생각하고 있었다니. 그래. 이제부터 너한테 절대 안 올게. 알았어. 간다고. 진짜 절교하자고. 엉엉, 나쁜 놈!"

누나가 울며 현관문을 향해 돌아섰다.

"자, 자, 미연 씨 울지 말아요. 준호가 화내는 건 당연해요. 우리 집에 필요한 건 거북이 총각이 아니라 준호 색시거든요. 음, 다시 말하면 총각은 필요하지 않아요. 색시가 필요하지. 그래서 준호가 화를 내는 거예요. 자, 화 풀어요. 안 그러냐? 준호야, 어서 미연 씨 좀 말려라."

누나가 울어서 당황했는지 누나 앞을 가로막으며 아빠가 횡설수설 호들

갑을 떨었다.

허둥대는 아빠를 본 누나가 갑자기 쿡 웃었다. 울음이 걷혔다. 다행인지 불행인지 그때부터 붉은바다거북은 엄마 눈을 피해 삼촌 보호를 받으며 옷장에 살고 있다.

지구를 가려 주는 커다란 양산을 발명하는 과학자는 없을까? 그래야 누나가 결혼을 할 텐데 말이다. 누나도 걱정되고, 삼촌도 걱정된다. 우리 엄마 걱정이 내게 옮았는지 삼촌을 보면 쯧쯧 소리가 절로 나오려고 한다.

우리 삼촌은 오늘도 덜렁대며 뛰쳐나간다. 보나마나 미연이 누나 전화를 받았을 것이다.

"삼촌, 바지 지퍼는 잠근 거야? 웬만하면 그 머리는 좀 빗고 나가지."

삼촌은 내가 내린 엘리베이터를 잡아타려고 쏜살같이 버튼을 눌러 세웠다.

"삼촌 갔다 올게. 내가 진짜 절교를 하든지 ……."

삼촌 입에 진드기처럼 붙어사는 '절교를 하든지 해야지'란 말이 채 끝나기도 전에 엘리베이터 문이 닫혔다.

나는 붉은바다거북 알에게 인사하러 갔다.

"총각 거북 씨, 학교 다녀왔습니다."

주원이는 고래를 만나 새로운 꿈을 찾았대요.

여러분의 꿈은 무엇인가요?

언제부터 그 꿈을 갖게 되었나요?

고래 빵집

1.

너도 아는지 모르겠다. 바닷가 끝 빵집. 할머니가 주인인.

텔레비전에 이 빵집이 나온 적 있거든. 할머니가 꼭 마법사처럼 보였어.
금방이라도 빗자루를 타고 날 것처럼 생겼어. 머리엔 네모 길쭉한 제빵사
모자가 아니고 긴 고깔의 마녀 모자를 쓰고 있어서 그렇게 보이는지 모르
겠어. 할머니는 마법을 써서 빵을 만들어 낼 것만 같았어.

내가 그 빵집에 가게 되었어. 일부러 간 건 아니야.

"거기 안 나가. 안 나갈 거라고!"

나는 화를 냈지. 엄마가 울산에서 열리는 전국 국악 동요제에 참가 신청을 했대. 내 생각은 물어보지도 않고.

솔직히 나는 대회마다 뭐 이렇다 할 상을 받지 못했어. 겨우 장려상 두어 번, 입선 한 번. 더 열심히 하면 우수한 실력을 발휘할 수도 있다는 뜻으로 격려 삼아 주는 상들이래. 3학년 때 동요 부르기 대회 장려상을 받았을 때 장려상이 뭐냐고 물으니 엄마가 그랬거든. 열심히, 더 더 열심히 해서 혹시나 있을지 모를 재능을 키워 보라는 뜻으로 주는 상이라고. 그 상을 받고부터 나는 노래 부르기 대회마다 나가는 신세가 됐어. 재능은 일찍 발견해서 키워야 하는 거라면서.

"나는 노래 잘 못해. 엄마도 알잖아. 겨우 장려상이 내가 받은 제일 큰 상이라는 거."

"입 다물지 못해! 얼마나 해 봤다고 포기부터 하고 그래?"

나도 내가 뭐가 될지 몰라. 하지만 노래 부르는 데는 재능이 없다는 것은 확실해. 엄마가 인정하지 않는 게 문제지.

"내 노래 들으면 사람들이 괴로워할 거야."

"노래 아니면 뭐하고 싶은데? 도대체 네가 잘하는 게 뭐냐고!"

엄마 말마따나 나는 공부도 못하고 달리기도 못하고 줄넘기도 못하고 만들기도 못해. 그러고 보니 내가 잘하는 게 있기나 한 건지 모르겠어.

아, 하나 있다. 3학년 내 생일 카드에 연우가 적어줘서 알게 된 것.

'리코더를 잘 부는 주원이에게'라고.

그리고 보니 나는 오카리나는 좀 분다고 할 수 있어. 엄마 말처럼 대회에 나갈 수준은 아니지만.

3학년 때 선생님은 우리가 벌 받을 일을 하면 음악실 청소를 시켰거든. 청소하러 갔다가 소금이라는 악기를 보았어. 악기 이름이 우습다고 했더니 음악 선생님이 나더러 한번 불어 보지 않겠냐고 해서 나는 얼떨결에 소금을 불어 봤는데 쉽더라고. 선생님이 어쩜 이렇게 금방 배우냐고 칭찬해 주셨지. 나는 으쓱해서 엄마한테 얘기했더니 까짓 거 불면 얼마나 잘 분다고 그러냐고 시큰둥해하더라고. 그래서 나는 입을 다물었어. 또 소금 대회를 찾아 내보낼지도 모르니까 말야.

하루는 음악실에서 악기 연주 소리가 들렸어. 무슨 악기인지는 몰라도 그 소리가 나를 이끌었어. 나도 모르게 음악실 앞까지 갔어. 자석에 끌린 것처럼. 엿들었지. 살며시.

"야, 너 여기서 뭐해?"

뒤에서 누가 도둑이라도 잡았다는 듯이 내 목덜미를 잡았어. 처음 보는 사람이었어. 나를 위아래로 훑어보더니 음악실로 들어가며 말했어.

"여기 도둑고양이 한 마리 숨어 있는데 강 선생님은 뭐 잃어버린 생선 없어요?"

그 사람은 음악 선생님께 농담을 건넸어. 나는 얼굴이 빨개져서 도망치듯 음악실 복도를 벗어났어. 나 자신이 참 한심하다는 생각이 들었지.

'어쩌자고 거기 그렇게 서 있었을까? 정말 도둑으로 의심받기 딱이네.'

그 악기 소리는 방과 후에 자주 들려왔어. 나를 도둑으로 알았던 그 사람이랑 음악 선생님이 연주하는 소리였어. 소금 보다 훨씬 길고 큰 악기, 그게 대금이라는 악기인 걸 나중에 알았어. 나는 그네를 타고 앉아 음악실에서 들려오는 연주를 듣다 집으로 가곤 했어.

"또 대회? 안 나갈 거라고!"

지금 내겐 닥친 일을 제발 끝내고 싶어서 엄마에게 있는 힘껏 소리쳤어.

"나는 노래는 못 해. 못 한다고!"

2.

그렇게 싫다고 했지만 내 의견은 받아들여지지 않았어. 여행이라고 치기로 했으니까 나는 바다로 여행을 왔어. 고래의 날 기념 국악 동요 대회가 여기서 열리니까.

대회 시작까지는 아직 시간도 많이 남았고 목소리도 좀 틔워야 한다면서 엄마는 나를 장생포 바다로 데리고 갔어. 그렇다고 내 노래 실력이 바뀌지 않을 걸 아는데 엄마만 믿지 않아.

바다에 도착하고 알았어. 우리가 꽤 먼 거리를 달리는 동안 아무것도 먹지 않았다는 걸. 사실 먹고 싶은 생각이 전혀 들지 않았어. 말 한마디 않는 나를 보며 엄마도 마음이 어지러웠을 테니까.

식당을 둘러봐도 딱히 먹고 싶은 게 보이지 않았어.

"간단하게 빵으로 때울까?"

빵집을 발견한 엄마가 태연하게 물었어. 선창가가 끝나는 모퉁이에 조그만 간판이 걸렸는데 눈에 힘을 주고 봐야 보일 정도로 작았어.

빵집으로 들어간 엄마가 빵집 안을 휘둘러보았지. 맛있는 빵을 고르는 게 아니라 진열된 빵들을 과연 먹어도 될 만큼 깨끗한가를 살펴본 거지. 엄마의 버릇이야. 엄마는 눈을 디굴디굴 굴리더니 주방으로 통하는 입구 벽에서 빵집 허가증을 발견했어. 엄마가 안경을 몇 번 추켜올리며 숫자를 헤아려 보더니 말했어.

"어머, 할머니가 저렇게 연세가 많아요?"

허가증에 나열된 숫자들과 대화를 나눈 엄마가 물었지.

하늘로 솟은 고깔모자를 쓴 할머니는 구부정하게 허리를 구부린 채로 빵을 내어놓고 있었어. 할머니가 그 말을 듣더니 휙 돌아봤어. 눈빛을 보니 단단히 화가 난 것 같았어. '내가 나이 먹는데 뭐 도와준 거라도 있수?' 하는 눈빛이었지.

"그렇소. 그게 뭐?"

할머니 대답에는 고슴도치 가시 같은 게 빳빳이 서 있었어. 허리를 펴면서 '흥' 하고 한숨 쉬듯 내뱉은 것도 같고.

"아, 할머니 예전에 텔레비전에 나오셨죠?"

엄마가 이제 생각난 듯 눈을 반짝거리며 물었어.

"그게 뭐?"

할머니가 혼잣말처럼 내뱉으며 계속해서 빵을 진열했어.

할머니는 엄마를 투명 손님 취급했어. 엄마가 종알종알 계속 뭔가를 물었지만 들은 척도 안 했어.

엄마는 빵 다섯 개를 집고 오천 원을 내밀고 나왔어. 할머니는 화가 안 풀렸는지 엄마를 쳐다보지도 않았어. 물론 나가는 손님에 대한 인사도 생략되었지.

선창가를 걸으며 빵을 먹었어. 바닷바람을 섞어 먹어서 그런지 빵 맛이 아주 독특했어. 엄마가 겨우 하나 먹는 동안 나는 네 개나 먹어 치웠어. 내 속에 사는 스트레스 귀신은 빵이 먹고 싶었나 봐.

"아니, 얘가 왜 이래. 뱃속에 빵 못 먹고 죽은 거지가 들어앉았나?"

엄마는 차로 뛰어가더니 음료수를 가져와 잽싸게 뚜껑을 열어서 건네줬어.

사레 들렸나 봐. 나는 기침을 멈출 수 없었어. 얼굴이 벌겋게 달아올라 쉽게 가라앉지 않았지. 가슴을 두들기며 서둘러 대회장으로 갔어.

전국에서 국악 신동을 자처하는 아이들이 몰려와 있었어. 어떻게 알고 이렇게 전국 각지에서 오는지 모르겠어. 무대 옆 어둠침침한 대기실에서 저마다 목을 가다듬느라 웅성거렸어.

내 차례가 다가오자 엄마는 옷매무새를 다듬어 주었어. 나는 목이 더 잠겨 오는 것 같았어.

대회 결과는 내 예상을 한 치도 빗나가지 않았어. 참담했지. 본선 진출도 못 했거든. 빵을 너무 많이 먹어 배가 불러서 못 불렀을지도 모른다고 엄마가 말했어.

"그래, 딸과 엄마, 둘이 봄나들이 왔다 치면 되지. 꿈을 찾아 떠나는 모녀 여행 근사하지 않냐. 꿈을 찾는 여행은 평생 하는 거니까."

엄마는 아무렇지도 않은 척 내 어깨를 두드렸지만 속상하긴 매한가지일 거야.

내 맘은 말할 수 없이 씁쓸했어. 수업도 빼먹으며 연습을 했건만 노력한 보람도 없이 이게 뭔지. 노래도 못하는 나. 내가 한없이 작아지는 느낌이야.

3.

찻길엔 벚꽃 잎들이 발레리나처럼 발끝을 세워 자동차 따라 종종종 달려가고 있어. 벚꽃들도 내 마음을 달래려고 찻길 공연까지 펼치는데 위로가 되지 못했어.

"우리가 언제 또 여기 올 수 있겠니? 빵 맛있었지? 그 빵이나 왕창 사 갈까?"

엄마는 장생포 이정표를 보며 물었어.

"뭐 그러든지."

내 입안에는 아직 그 빵 맛이 남아 있긴 했어. 바닷바람이 섞인 맛.

엄마는 할머니가 있는 그 빵집 앞에 차를 세우고 안으로 들어갔어.

"어머, 그새 빵들이 새로 구워졌나 봐요. 죄다 고래 빵이네요."

나는 밖으로 나와 빵집 간판을 올려다봤어. 아까는 몰랐는데 고래 그림 안에 작은 글씨로 고래라고 쓰여 있더라고. 고래 빵집! 좀 전에는 동그란 간판에 빨간색으로 빵이라는 글자만 보였던 거 같은데 말이야.

할머니도 엄마를 알아본 게 틀림없어. 흘깃 보더니,

'또 왔군. 숫자 아지매!'

할머니가 엄마를 알아차린 순간부터 엄마는 있으나 마나 한 투명 손님 취급을 받게 되었지.

"고래가 이렇게나 많아요?"

"요건 무슨 고래예요?"

엄마는 투명인간에 익숙해졌는지 할머니는 대답도 않는데 신나게 물음 표들을 이어 갔지.

"이건 무슨 고래지?"

역시 우리 엄마는 포기를 몰라. 그래서 내가 대답해 줬어. 나는 우리 집에 꽂힌 고래 책을 여러 번 봤거든.

"고래 중 제일 빠르다는 귀신고래! 따개비가 있는 거 보니까."

"아니? 어떻게 알았어?"

"아홉 살만 돼도 그 정도는 알아. 난 지금 열한 살이라고."

나는 조금 으쓱해지려고 했어. 우울했던 마음이 약간 풀리는 기분이 들었어.

"이건 무슨 고래니?"

엄마는 고래 학교 입학생처럼 질문을 쏟아 냈어.

"흰수염고래 아닌가? 빵 중에 제일 크네. 고래 중에 젤 큰 게 흰수염고래니까."

"어머, 어머 우리 주원이 대단해. 기억력이 장난 아니네."

엄마가 호들갑을 떨었어.

피식, 나를 힐끗 보며 할머니가 입으로 방귀를 뀌었어.

나는 움찔했어. 내가 잘 모르고 대답하는 건지도 몰라. 할머니 코웃음이 싫지 않았어. 꼭 오래전부터 알아 온 사람 같아.

"으음, 이건 고래밥 과자에 든 향유고래인가?"

엄마가 진지하게 이름을 떠올리더니 물었어. 아마 컴퓨터에서 우연히 봤는지도 모르지.

"어머, 이 빵은 왜 이래요? 반죽을 하다 말았나? 일부러 이런 건가? 주둥이가 뾰족하네."

엄마가 열심히 고래 탐색을 하는데 아빠한테서 전화가 왔어.

"으응, 우리 주원이가 워낙 다방면에 재주가 있잖아요. 다른 쪽 재능을 우리가 너무 무시한 거 아닌가 몰라. 그럼, 고래에 대해서도 얼마나 많이 아는데. 난 깜짝 놀랐잖아. 그렇다니까. 기왕 온 김에 바닷바람이나 쐬고 가려고. 참, 당신 생각나? 지난번 텔레비전에서 봤던 바닷가 할머니 빵집! 그 빵집이 여기 있어. 지금은 고래 빵을 만들고 계신가 봐……."

엄마는 어깨로 폰을 받쳐 들고 통화를 하며 쟁반에다 고래 빵을 집어 담았어. 고래를 종류별로 다 데리고 가려나 봐.

반죽이 잘못됐다고 낄낄대던, 머리에 뿔 달린 고래 빵도 담았어.

엄마가 전화를 받으며 카드를 내밀었어. 할머니가 도끼눈을 하고 째려봤어. 카드는 안 받는다는 뜻인가 봐. 엄마가 카드를 넣고 현금을 꺼내며 내게 빵 봉지를 건네주었어.

"왜 안 그러겠어? 주원이도 속상하지. 노래를 그렇게 못하는 줄은 몰랐어. 앞으로 어떻게 해야 할지 고민 중이야……."

엄마는 만 원짜리 세 장을 내밀면서도 전화를 끊지 않아. 할머니가 이천 원을 거슬러 줬어.

'맞다. 뿔 달린 일각고래!'

고래 빵집을 나서는 순간 일각고래 이름이 생각났지. 외뿔고래라고도 해. 아까부터 나는 내가 본 고래 책을 머릿속으로 한 장 한 장 넘기고 있었거든.

'언제 끊을까?'

엄마에게 외뿔고래라고 말해 주고 싶었는데 빵집을 나와서도 엄마는 계속 통화 중이야.

4.

"고속도로 휴게소에서 먹는 우동이 맛있잖아. 그거 먹으러 온 셈 치자."

지난 전주대사습놀이 학생 대회에서 상을 받지 못했을 때 엄마가 건넨 위로의 말이야. 판소리 경연을 보며 나는 사람 목청에서 어떻게 저런 목소리가 나올까 신기하기만 했어. 나는 너무 떨려서인지 소리가 갈라져서 나왔는데 말야. 웃음거리가 되지 않은 게 다행일 정도야. 판소리부가 끝나고 관악부 경연이 이어졌어. 〈수연장지곡〉이 연주될 때 나는 그 소리가 좋았어. 친구들이 따분하다는 그 연주에 나는 오히려 빨려 들어갔어. 관악부 경연이 끝나고도 오래 앉아 있었을 거야. 음악 선생님이 연주하는 소리를 많이 들어서인지, 귀에 익은 연주여서 그랬는지 모르겠어. 그때도 엄마는 아빠한테 시시콜콜 보고하기 위해 전화기를 들고 대회장 밖으로 나갔지.

'정말 내가 잘하는 게 뭘까?'

'장려상은 내 재능을 알아보고 준 게 맞을까?'

대회 성적 같은 건 신경 안 쓴다는 듯 애써 웃음 짓는 엄마에게 한편으론 미안하기도 했지.

"아, 주원아, 바닷바람 참 좋지?"

엄마는 냄새도 요란하게 맡아. 바람을 들이마시느라 코와 입을 쫘악 벌렸어. 얼굴이 길쭉하게 늘어났어.

"엄마, 풍선 배 터져. 안 그래도 빵빵한데."

엄마도 답답하겠지. 내 꿈을 찾아 주려고 노력하는데 길은 안 보이고. 난 애쓰는 엄마에 대한 보답으로 내키지 않았지만 부러 장난스럽게 골려 주었어.

"으씨, 이게!"

엄마가 빵 봉지를 흔들며 쫓아왔어.

달려가다 바닷가에 세워진 울타리 난간에서 속도를 줄이지 못한 엄마가 빵 봉지를 손에서 놓쳤어.

빵 봉지가 열리고 고래 빵 하나가 바닷물에 빠져 버리고 말았어.

반죽을 잘못한 거 아니냐고 엄마가 우스워하던 고래 빵이었지. 외뿔고래 빵.

"으이그, 이게 어디서 엄마를 놀리고 있어? 아까운 빵만 놓쳤잖아."

엄마가 바다로 곰실곰실 떠내려가는 빵이 아깝다고 내게 타박을 했어.

외뿔고래 빵이 물 위에 둥둥 떠서 흘러가.

그럼 그렇지. 기막히게 성능 좋은 코를 가진, 아니면 코가 막히게 밝은 눈을 가진 갈매기가 놓칠 리 없지. 갈매기 한 마리가 잽싸게 날아왔어.

고래 빵이 갈매기 입속으로 들어가는 건 이제 시간문제야.

"그래 까짓 거, 오늘 갈매기 네 생일이다!"

고래 빵은 엄마가, 아니 우리가 갈매기에게 준 생일 선물로 치기로 했어.

매섭게 날아온 갈매기가 빵을 덥석 물려던 순간이었어.

코뿔소 코처럼 달렸던 뿔이 쭈욱쭉 솟아오르기 시작했어. 스펀지처럼 바닷물을 빨아들이더니 몸이 커졌어. 나보다, 엄마보다 더 커지는 거야.

난간에 매달려 수평선을 바라보던 사람들이 소리를 질렀어.

"고래다!"

외뿔고래가 뿔을 물 위로 내밀었어.

"정말 고래야?"

"뿔고래네!"

고래를 보고 놀란 건 말할 것도 없지.

"안 돼. 찔릴라."

어린 아이를 안은 엄마는 아이가 손을 내밀지 못하도록 잡아챘어.

빵을 먹으려던 갈매기도 놀랐는지 바닷물 위로 철퍼덕 뒷걸음을 치다 이내 날개를 파닥이며 가까스로 날아올랐어.

갈매기가 기절하지 않은 게 신기할 정도야. 우리는 눈이 휘둥그레졌어.

"주원아, 이게 뭔 일이니? 네가 대회에 떨어져서 마음속으로는 엄마가 엄청 충격을 먹었나 봐. 헛것이 보여."

엄마는 바닥에 털썩 주저앉았어. 엄마가 이러는 거 보니 내 눈에 보이는 게 고래가 맞긴 맞나 봐.

"으아악!"

이게 웬일이야. 고래가 첨벙대며 다가오더니 내 앞에서 딱 멈췄어. 그러고는 뿔을 세워 나를 들어올리지 뭐야.

"엄~마!"

순식간에 고래 뿔에 대롱대롱 매달리게 된 나는 소리를 질렀어.

"어머나! 어떡해!"

아줌마들이 입을 가리고 부들부들 떨었어.

"여보세요! 우리 주원이 살려 주세요. 누가 경찰 좀 불러 줘요. 경찰!"

엄마가 주위를 둘러보며 사람들을 향해 소리쳤어.

"엄마! 엄마!"

'고래가 나를 바다에 풍덩 빠뜨리거나 나를 자기네 바다로 데리고 가서 잡아먹으면 어떡하지?'

생각만으로 나는 소름이 돋았어.

고래가 나를 태우고 휘이 한 바퀴 돌더니 반대편 선창가 쪽으로 헤엄쳐 갔어.

"에용에용."

마침 경찰 사이렌이 울렸어. 구해 주세요. 소리치고 싶은데 한마디도 나오지 않았어.

"어서 어서 우리 애 좀요!"

엄마가 해양경찰 구조대 아저씨한테 말했어. 사이렌 소리가 들리자 두려웠는지 고래는 서둘러 나를 선창가에 내려놓았어.

그곳은 바닷가 끝, 빵집이 있는 쪽이야.

고래가 내 눈을 보았어. 순간 나는 고래랑 말이 통하면 얼마나 좋을까 하는 생각이 들었어. 간절하게 그리 되었으면 하는 바람이 일었어.

"탁!"

고래가 나를 보면서 머리를 뒤로 젖혔다가 선창가 벽에 세게 뿔을 부딪쳤어.

내 몸이 부딪힌 듯 나도 모르게 얼굴이 일그러졌어.

"엄마야!"

와지끈, 고래 뿔이 떨어졌어. 고래는 외마디 비명을 질렀어. 나는 내 팔 한쪽이 끊어지는 것처럼 아파 왔어. 절로 신음 소리가 나왔어.

경찰들이 호루라기를 불며 다가왔지.

고래는 부러진 뿔을 내게 남겨 두고 휙 몸을 돌려 바다로 떠났어.

좀 전에 들이마셨던 몇 통의 물이 고래 몸 밖으로 빠져나오기 시작했어.

고래가 물을 뿜을수록 작아지고 작아졌어.

점점 작아지더니 마침내 처음의 고래 빵만 해졌어.

'여기 네 뿔 가져가야지!'

나는 소리쳐 고래를 부르려고 했어. 뿔을 돌려주고 싶은데 목소리가 모기처럼 엥엥거리기만 했어.

고래가 내게 뿔을 주고 떠났어.

5.

"알았어요. 차 뺄게요. 이제 곧 갈 거예요."

경찰이 우리 차가 주정차 위반이라고 사이렌을 불고 있었어.

"주원아, 주원아!"

운전석에 앉으며 엄마가 나를 불렀어. 엄마가 전화하는 동안 빵 봉지를 들고 먼저 차로 왔는데 그새 깜박 잠이 들었었나 봐.

"긴장돼서 피곤했구나. 엄마 통화가 좀 길긴 했지? 호호. 아빠가 이번 주말에 여행 가자고 하네. 어디 갈까 의논하느라고."

엄마가 안전벨트를 매며 말했어.

"너도 안전벨트 매. 뭐야? 또 빵 먹었니?"

내 손엔 먹다 반쯤 남은 외뿔고래 빵이 들려 있었어.

"엄마, 이거 외뿔고래 빵이야!"

자다 깬 나는 목소리가 잠겨 있었어.

"그래, 맞다 맞아. 뿔고래."

엄마도 뿔고래는 알고 있었던 거 같아.

"뿔이 아니고 실은 이빨이래."

"그래?"

엄마가 시동을 켜며 놀람을 표시했어.

고래 빵집에 불이 꺼졌어.

'철컥.'

빵집 셔터가 내려졌어. 할머니가 철문 자물쇠를 잠그고 손을 탁탁 털었어. 할머니는 힘도 센가 봐. 고깔모자는 그대로 쓰고 있었어.

아직 사람들과 만나지 못한 고래들만 빵집에 갇혔어.

"외뿔고래가 뿔을 줬어. 내게."

잠겼던 목소리가 뚫렸어.

"너, 꿈 꿨니?"

나는 고개를 끄덕였지.

앞만 보고 운전하느라 내 대답을 못 들은 엄마가 나를 쳐다보았어.

"뿔을?"

"으응. 자기 뿔을 잘라서 나한테 줬어. 아픈 것도 참으며."

"어머머, 그래? 예사 꿈이 아니네. 지난번 음악 선생님이 칭찬했던 것처럼 피리 쪽 그러니까 가창이 아닌 대금, 소금 뭐 이런 쪽에 소질이 있는 거 아닐까? 외뿔고래의 뿔로 피리도 만든다니까 말이야."

엄마 목소리가 한껏 들떴어. 가창 쪽을 그새 완전히 포기한 것 같기도 하고. 언제나 앞서 가는 우리 엄마다워. 엄마도 내가 본 고래 책 기억하고 있으면서 괜히 모르는 척 물어봤는지 몰라. 내가 무슨 말이든 하길 바랐던 거겠지. 이 대목에서 피리 얘기를 하는 걸 보면 아까 빵집에서 고래들을 알면서 모른 체한 게 틀림없어.

아직도 꿈이 생생해. 자신의 뿔을 잘라 내게 준 고래. 뭐 피리 부는 사람이 되어 보는 것도 멋질 거 같아. 그 고래 책에 말야. 용이 된 신라 문무왕이 나라를 보내 준 평안하게 하는 피리, 만파식적이 어쩌면 외뿔고래의 뿔일지도 모른다고 쓰여 있거든.

맞을지도 모르겠어. 나도 피리 부는 사람이 되어 세상 사람들의 마음을 평안하게 하면 좋겠다는 생각이 들어.

음악 선생님처럼 대금을 연주해 보고 싶어. 대금 연주가 어떤 즐거움을 내게 줄지 기대가 돼.

온 세상에 어둠이 내려왔어. 장생포에 고래 가로등이 켜졌어.

우리 차는 가로등이 밝혀 주는 길을 따라 달리고 있어.

나는 내일이 기다려져. 이런 기분 참 오랜만이야.

우는 것밖에 할 줄 모르는 거꾸리가 봄을 다시 찾았어요.

우리가 봄을 찾으려면 어떻게 해야 할까요?

거꾸리가 찾은 봄

"쏴아쏴아."

저녁이 되자 엄청난 비가 쏟아졌어. 키가 작은 청개구리 한 마리가 숲 속 냇가에 와서 슬피 울었어. 엄마 무덤이 쓸려 갈까 걱정이 되어 꺼이꺼이 울었지.

이 개구리 이름은 거꾸리야. 청거꾸리!

"너는 어인 일로 그렇게 요란하게 울고 있느냐?"

길을 가던 늙은 개구리가 물었어. 늙은 개구리는 허연 수염이 달리지도 않았고 지팡이를 짚고 있지도 않는데 아주 쭈글쭈글, 주름이 가득해.

"왜 울겠어요? 엄마 무덤이 쓸려 갈까 울지."

거꾸리가 손으로 쓰윽 눈물을 닦는 시늉을 했지만 눈꺼풀 때문에 눈물은 흐르지 않았어.

"개구리는 물에서 태어났으니 물로 돌아가는 것은 당연한 일 아니겠느냐? 더 깊은 물속에 무덤을 쓰지 못한 것을 슬퍼할 일이거늘 쓸려 가지 않을까 걱정이라니."

늙은 개구리는 이 한마디를 뱉고 휑하니 가 버렸어.

'이게 무슨 뚱딴지 같은 소리지? 여태껏 왜 아무도 나에게 이런 말을 해 주지 않았지?

듣고 보니 맞는 말 같았어. 거꾸리는 '청거꾸리 엄마'라는 작은 비석이 세워진 엄마 무덤을 바라보며 생각에 잠겼어. 무덤은 비가 올 때마다 물에 쓸려 가곤 해서 곧 허물어질 듯 초라했지.

'역시 사람들 얘기는 귀담아 들을 게 못 돼. 무덤이 쓸려 간다고? 예끼, 못된 사람들 같으니라고!'

거꾸리는 곁에 있지도 않은 사람들을 향해 한마디 뱉고는 엄마 무덤에 큰절을 올렸어.

"엄마, 이제 아무 걱정 마시고 물속에 편히 잠드세요."

그리고 거꾸리는 늙은 개구리가 사라진 쪽으로 재빠르게 몸을 돌렸어

'내가 이러고 있을 때가 아니야. 늙은 개구리를 따라가야지.'

거꾸리는 얼른 뒷다리를 오므렸어.

"저, 이보세요!"

거꾸리가 소리쳐 불렀는데도 늙은 개구리는 들었는지 못 들었는지 가던 길만 가 버렸지.

늙은 개구리는 어느 새 냇가를 지나 산모퉁이 길을 오르고 있었어. 산은 나지막했지만 최첨단 아파트 단지를 끼고 있어. 거꾸리는 내려와 보지 못한 곳이었어. 늙은 개구리의 걸음이 어찌나 빠른지 따라잡으려면 날아가는 수밖에 없었어.

거꾸리는 물갈퀴를 꽁지날개처럼 쭉 펴며 폴짝 날아 단번에 늙은 개구리를 가로막고 섰어.

"어이쿠! 웬 놈이냐?"

"웬 놈은요? 저는 거꾸리입니다. 보아하니 엄청 지혜로운 분 같은데 무덤가에서 울 일도 없어진 제가 지금부터 어찌 살아가야 할지를 알려 주시면 그 은혜 백골난망이겠습니다요."

꺾을 허리라곤 없는 거꾸리지만 허리라고 생각되는 부분을 반으로 접으며 인사를 했지.

"거꾸리라? 그래. 너는 뭘 잘하느냐?"

"저, 그게 글쎄, 우는 것밖에 해 본 게 없어서……."

거꾸리는 자신이 잘하는 게 뭔지 얼른 떠오르지 않았어.

"너는 이렇게 물구나무를 잘 서겠구나."

늙은 개구리가 발딱 물구나무를 서 보였어. 어찌나 빠르고 날렵한지 거꾸리는 깜짝 놀라 그 큰 눈이 더 커졌지. 설마 겉모습만 늙은 젊은이가 아닌지 의심이 들 정도였어.

"그, 그건 잘 못 하는데요."

거꾸리는 기어 들어가는 소리로 대답하다가 나중에는 따지듯 물었어.

"근데요, 개구리는 꼭 물구나무를 잘 서야 하나요?"

"허어, 네 이름이 거꾸리라면서! 물구나무도 못 서는데 이름은 왜 거꾸리라 지었누?"

늙은이인지 젊은이인지 알 수 없는 개구리는 연신 뒷다리를 오므렸다 폈다 뛰어가며 말했지.

"그, 그거야, 시키는 대로는 안 하고 만날 거꾸로만 한다고……."

거꾸리 목소리가 갈수록 작아졌어.

"그래서 붙여진 이름이 맘에 드나? 앞으로는 물구나무를 잘 서서 거꾸리입니다, 말할 수 있도록 연습해 봐."

거꾸리는 발랑 물구나무서기를 서 보았어. 앞다리가 딸깍 빠지고 말았어.

"아야야야."

거꾸리가 꺾인 앞다리를 부여잡고 울부짖었어.

"쯧쯧, 이름값도 못 하는구먼!"

말투를 보면 늙은 개구리일 것 같은 그 개구리는 다시 돌아와 거꾸리 앞다리를 비스듬히 잡고 비튼 다음 '아' 하는 짧은 순간에 뼈를 쏙 집어넣었지. '폭' 소리가 나더니 앞다리가 제자리를 찾았어. 다리를 넣을 때 보니까 개구리 갈퀴손이 완전 쭈글쭈글해. 늙은 개구리가 분명했어.

늙은 개구리는 다시 길을 나설 채비를 서둘렀어. 거꾸리가 얼른 앞을 가로막았지.

"보셨죠? 물구나무서기는 도저히 못 하겠습니다. 혼자 연습하다가 앞다리 뒷다리 다 빠지면 어떡해요? 아니, 제가 열심히 연습할 테니까 뒷다리 앞다리가 빠질 때마다 넣어 주시든지요? 그럼 연습해 보지요, 뭐."

거꾸리가 늙은 개구리한테 흥정을 걸었어.

"허허, 이런 어처구니없는 놈을 보았나? 물에 빠진 개구리 살려 줬더니 보따리까지 내놓으라는 심보일세. 냉큼 길을 트지 못할까?"

늙은 개구리의 호통 소리가 좁은 산길에 쩌렁쩌렁 울렸어.

"안 됩니다. 제가 앞으로 어떻게 살아가야 할지 알려 주고 가십시오. 이제 울 일도 없어졌는데 제가 뭘 해야 합니까?"

거꾸리는 다짜고짜 매달렸어.

"네가 잘할 수 있는 것을 하면 되느니라."

"제가 잘할 수 있는 거요? 그거야 당연히 우는 거죠. 한번 들어 보실래요? 굴개굴개 굴개굴개."

거꾸리는 목청 뽑아 한참 동안 울어 주었어.

"울음 한번 쾌청할세. 자알 우네!"

늙은 개구리가 또 쌩하니 사라질 기세야.

거꾸리는 늙은 개구리의 뒷다리를 잡고 매달렸어. 뒷다리가 쭈글쭈글해서 미끄럽지 않으니 잡기 쉬웠지.

"이거 놔, 이놈아! 갈 길이 바쁘다니까."

뒷다리 앞다리 모두 쭈글쭈글한 늙은 개구리(아이고, 길기도 해라. 거꾸리는 늙은 개구리한테 이름부터 물어볼 일이지. 앞으로는 이 개구리를 쭈글이 할아버지라고 부를게.)는 뒷다리를 버둥거렸어.

"이 녀석아, 넌 학교에서 통신문을 받아보고도 모르느냐? 어서 비켜라."

쭈글이 할아버지가 짜증을 냈어.

"통신문이요? 저, 그게 저는 학교를 안 다녀서……. 엄마가 학교 가지 말라고 했으면 학교에 갔을 텐데 엄마는 제발 학교 좀 가라고만 했거든요. 입학식 날 학교가 어찌 생겼나 궁금해서 가 본 것 빼고는……."

거꾸리가 말꼬리를 흐렸어.

"에라, 이눔아. 그렇다면 입학식 날 빼고는 학교를 가지 않았단 말이로구나. 쯧쯧쯧쯧쯧."

쭈글이 할아버지가 혀를 끌끌 찼어. 혀가 길어서 혀 차는 소리가 오래 이어졌어. 다행이라고 해야 할지는 몰라도 혀는 쭈글쭈글하지 않았어.

"아까 보니까 너 잘 날던데 저기 의자까지 날 좀 업고 날아라."

쭈글이 할아버지가 가리키는 곳을 보니 아파트 사이에 아담한 공원이 있었어. 공원 연못가에 그루터기 의자가 보였어. 거꾸리는 기가 찼지. 어른이 업어 달라니. 쭈글이 할아버지는 생각보다 무거웠어. 거꾸리는 날아오르기 전에 도움닫기를 여러 번 해야 했지.

쭈글이 할아버지는 거꾸리 등에서 폴짝 뛰어내려 그루터기에 양반 개구리 다리를 하고 앉았어.

"통신문에 뭐라고 쓰였는데요?"

거꾸리가 용기를 내 물었어.

"좀 전에 눈치는 챘다. 서리대왕이 나타난 걸 모르는 놈이니 저렇게 귀청 떨어지게 으악으악 울고 있겠거니 했지. 끄응."

쭈글이 할아버지 이마에 주름이 몇 가닥 기타 줄을 만들었어. 건드리면 팅겨질 것 같았지.

"말했다시피 나는 한시가 급하다. 네가 방해하지만 않았어도 이미 그곳에 도착했을 게야. 사실 너랑 이렇게 실랑이 벌이고 어쩌고 할 시간이 없느니라. 서리대왕이 언제 쳐들어올지 모르니 말이다."

"서리대왕이라고요? 전설 속에 나오는 그 오뉴월 서리대왕을 말씀하시는 거예요? 진짜로 있어요? 왜 하필이면 우리한테 쳐들어와요?"

거꾸리는 한꺼번에 질문을 쏟아 냈어.

"귀는 뚫렸으니 듣긴 들었나 보구나. 전설 속의 서리대왕이 정말로 생겨난 것 같으니 걱정이지. 아직 만나보진 못했다. 어디 있는지만 겨우 알아냈지. 너는 개구리한테 가장 중요한 게 무엇이라고 생각하느냐?"

"학교도 안 다닌 제게 그런 걸 물어보다니 너무한다고 생각지 않으세요?"

거꾸리가 아픈 곳을 찔린 듯 뾰로통하게 대답했어.

"이눔아, 이런 건 학교 다니면 알고 학교를 안 다니면 모르는 그런 게 아니야. 네가 이 말을 알지 모르겠다마는 삶의 철학이라고나 할까? 살아오면서 누구나 터득하게 되는 깨달음 같은 거지."

"으음, 그러니까 우리 개구리한테 가장 중요한 건 잘 먹고 잘 사는 거지 뭐겠어요?"

"옳거니, 대답 한번 잘하는구나. 잘 사는 거. 그게 중요하지. 그런데 개구리들이 잘 못 살게 됐다, 이 말이다."

"왜요? 왜 못 살아요? 하기야 내 친구 투덜이도 왕독뱀에게 잡아먹혔죠. 까불이도 한순간에 혹 달린 뱀에게 감겨서 죽었고요."

친구들의 얼굴이 떠오르자 거꾸리 눈앞에 있던 나무들이 뿌옇게 흐려졌어.

"적은 뱀들뿐이 아냐. 바로 개구리 존재 자체가 흔들리고 있으니 문제라는 거지. 이 세상에서 개구리가 없어질지 모른단 말이다. 하루빨리 서리대왕을 만나 담판을 지어야 하느니라. 이제 알아들었느냐? 그러니 제발 방해 말고 너도 어서 네 길을 가거라."

쭈글이 할아버지가 의자에서 양반 개구리 다리를 풀고 내려왔어. 길 떠날 마음의 준비를 단단히 끝낸 듯 보였지.

"할아버지, 저도 데려가 주세요."

거꾸리는 졸라 댔지.

"거기가 어딘 줄 알고 네가 따라간단 말이냐?"

쭈글이 할아버지는 거꾸리를 따돌리듯 성큼성큼 서둘러 뛰어갔어. 새로 생긴 공원을 지나 아파트 뒷산으로 이어진 숲길을 헤치며 날듯이 뛰어갔지.

"같이 가요, 할아버지!"

거꾸리가 외치며 따랐어.

"허허, 거긴 위험한 곳이래도."

쭈글이 할아버지가 거꾸리를 따돌리려고 했지만 거꾸리는 날고 뛰며 기를 쓰고 따라붙었지.

한나절쯤 달려온 것 같아. 아파트와 꽤 멀어졌어.

갑자기 쭈글이 할아버지의 걸음이 느려졌어. 거꾸리도 그랬지. 아니나 다를까 거꾸리 몸에 닭살이 소름처럼 돋았지.

"여긴 개구리들이 있을 데가 못 되는 것 같구나. 지금이라도 늦지 않았으니 어서 돌아가거라."

쭈글이 할아버지 목소리가 조금 떨렸어. 눈앞엔 둥글게 얼음으로 만든 요새가 서 있었어. 거꾸리는 쭈글이 할아버지를 따라 잡풀 더미 속으로 몸을 감추고 요새 쪽을 훔쳐보았어. 몇 명의 얼음 갑옷을 입은 로봇 같은 병

사들이 얼음 화살을 들고 주위를 돌고 있었어.

거꾸리는 마른침을 꿀꺽 삼키며 말했어.

"따라만 와서 돌아가는 길은 몰라요. 혼자는 절대 돌아가지 않을 거예요."

거꾸리가 고집스럽게 대꾸했어.

"넌 정말 구제불능이구나. 그렇게 말을 안 들으니 네 엄마가 얼마나 속상했을지 뻔히 보인다, 보여."

그래도 거꾸리는 물러서지 않았어.

"으윽!"

어디서 날아왔는지 얼음 화살이 쭈글이 할아버지의 어깨를 스치고 지나갔어.

"할아버지, 괜찮으세요?"

거꾸리가 쭈글이 할아버지 어깨를 살피는데 할아버지가 도리어 거꾸리를 나무랐어.

"어서 피해. 그렇게 섰지 말고."

쭈글이 할아버지는 거꾸리를 데리고 바위 뒤로 숨었어.

"서리대왕, 내가 어디 가만 두나 봐라."

쭈글이 할아버지는 혹시라도 거꾸리가 다칠까 봐 걱정이 되었어.

"넌 여기 꼼짝 말고 있어. 내가 서리대왕을 만나고 올 테니."

"안 돼요. 서리대왕이 어떻게 생겼는지 저도 보고 싶어요."

거꾸리는 끝까지 따라붙었지. 둘은 기어가다시피 몸을 낮추고 풀숲을 지났어. 쭈글이 할아버지가 지도를 펼쳐보았어. 서리대왕은 꼭대기 층에 있었어. 담벼락이 어찌나 높은지 쳐다보기만 해도 어지러울 지경이었지. 거꾸리는 쭈글이 할아버지를 업고 소나무 가지에 오른 뒤 가지를 붙잡고 공중그네를 타듯이 얼음 요새의 담을 넘었어. 그리고 뒤쪽 계단을 따라 서리대왕 연구실로 숨어 들어갔어.

쭈글이 할아버지가 연구실 문을 확 열어 젖히고 서리대왕을 향해 외쳤어.

"우리 개구리들을 없애려 한다는 소문을 들었다. 그게 사실인가?"

매끈하고 길쭉한 얼굴, 양옆으로 한껏 올라가 찢어진 눈, 무시무시하게 큰 귀를 가진 서리대왕은 깜짝 놀라 보던 책을 떨어뜨렸어. 책 제목은 '한여름에 고드름 만드는 비법'이었어.

"아니, 너희가 여기까지 어떻게? 이 망할 문지기 놈들을 그냥! 아니지, 내가 괜히 힘 뺄 필요 없지. 너희는 곧 이 연구실 온도를 견디지 못하고 쓰러질 테니까."

서리대왕은 밖에다 대고 소리를 지르려다 그만두었어. 서리대왕의 연구실은 얼음으로 만들어진 데다 천장에서 뿌연 냉기가 쉴 새 없이 흘러나오고 있었어. 거꾸리는 오싹오싹 한기가 들었고 추워서 몸이 오그라들 지경이었어. 기운이 빠지면서 자꾸만 눈이 감겼어. 쭈글이 할아버지도 마찬가지었어. 쭈글이 할아버지는 눈꺼풀에 최대한 힘을 주며 말했어.

"우리 후손들 번식력이 얼마나 강한지 몰라서 그래? 봄에 알을 낳으면 온통 우리 세상인걸. 서리대왕, 네가 아무리 우리를 없애려 해도 소용없는 일이란 걸 알려 주러 왔다."

역시 쭈글이 할아버지는 그 어떤 개구리보다 용감하게 말했어.

"푸하하, 과연 그럴까? 그동안 내가 여러 차례 경고했지. 왜 그렇게 시끄럽게 구냐고! 난 잠을 자야 하는데 너희 때문에 잠을 잘 수가 없잖아. 하지만 이제 괜찮아. 영원히 봄이 오지 못하게 하는 방법을 알아냈으니까. 다음 해 봄이 되면 시끄러운 개구리들은 모두 영영 깨어나지 못할 테니. 쭈글쭈글 늙어 빠진 할아범, 당신도 영원히 잠들게 해 주지. 껄껄껄."

얇은 옷을 걸치듯 입고 선 서리대왕은 쭈글이 할아버지를 한껏 얕잡아보며 말했어.

"누구 맘대로? 우리 개구리들이 그렇게 호락호락 네게 당할 것 같아? 우리 개구리들은 2억 년 이상을 이어 온 왕성한 생명력을 가졌다고! 북극 빙하가 녹는 바람에 생겨난 불량 유전자 주제에 우리를 이기겠다고? 말도 안 되는 소리!"

쭈글이 할아버지가 눈을 부라리며 말했어. 그러나 목소리는 딱딱딱 마구 떨렸어.

"하하하. 지금 네 턱이 부딪히며 내는 소리를 듣고도 그런 말이 나오느냐? 껄껄껄."

서리대왕은 마음껏 비웃으며 둘을 그대로 남겨 둔 채 연구실을 나갔어.

"거꾸리야, 어서 여길 빠져나가자. 이대로 있다가는 곧 얼음 개구리가 될 게다. 어서 여길 빠져나가자!"

쭈글이 할아버지가 거꾸리를 재촉했어. 그도 그럴 것이 거꾸리는 이미 앞발의 물갈퀴가 동상에 걸린 듯 아무 감각이 없었어.

"네, 할아버지!"

오늘이 거꾸리가 태어나 처음으로 '네'라고 대답한 날일 거야. 거꾸리는 서서히 얼어 가고 있던 팔다리를 움직이기 위해 온 힘을 다했어.

쭈글이 할아버지와 거꾸리는 용케 얼음 요새를 빠져나왔어. 풀숲을 한참 뛰어가니 마침 미지근한 웅덩이가 보였어. 둘은 얼른 뛰어 들어가 몸을 담갔어.

"할아버지, 이제 우리 어떻게 되는 거예요? 개구리 나라 이대로 괜찮은 거예요? 봄이 오지 않으면 어떡해요?"

거꾸리는 벅벅 발을 긁으며 물었어. 갑자기 언 발이 풀리니 몹시 가려웠지.

"봄을 지켜야지. 어떤 수를 써서라도 지켜야지. 봄이 우리 개구리들에게 어떤 의미인지, 우리 울음이 어떤 의미인지 설마 모르진 않겠지?"

쭈글이 할아버지가 엄숙하게 물었어.

"그야 당연히 봄은 우리가 세상으로 나오는 때이고 울음은 결혼하기 위해서 꼭 필요하지요. 그래야 개구리 나라를 자손 대대로 번성시킬 수 있으니까요. 그 정도쯤은 저도 잘 안다고요. 물론 제 울음이야 엄마 무덤을 걱정하는 울음이었지만요."

"그렇다. 서리대왕은 자기 생각만 하며 우리 개구리들을 없애려 하지. 오래전부터 우리와 함께 살아온 게 아니고 지구 온도가 올라가고 빙하가 녹으면서 갑자기 생겨난 생명체라서 우리 소리에 적응을 못 하는 게지. 저 혼자 잘 살려고 남을 해치면 쓰나? 천하에 몹쓸……."

쭈글이 할아버지가 아픔을 참는지 말끝을 흐렸어. 얼음 화살을 맞은 상처가 생각보다 깊은 듯했어.

"할아버지, 괜찮으세요?"

"아야아야. 아파 죽겠구나. 곧 죽을 것 같다. 이렇게 말하면 무슨 뜻인지 알겠지? 넌 반대로 생각하니까."

"참, 할아버지도! 제가 이름은 거꾸리지만 더 이상 옛날 그 거꾸리가 아니잖아요."

거꾸리 말에 쭈글이 할아버지가 말했어.

"그래, 머지않아 네가 이름값을 하는 날이 꼭 올 게야."

거꾸리를 바라보는 쭈글이 할아버지 얼굴에 흐뭇한 웃음이 서렸어.

개굴 개굴 개굴 개굴.

웅덩이 저편에서 요란스런 개구리 노랫소리가 들려왔어. 크고 우렁찼지. 같은 남자 개구리가 들어도 멋있는 노래였어. 울음소리들은 한두 군데서 들리는 게 아니야. 금방이라도 서리대왕이 듣고 달려오면 어쩌나 조마조마했어. 여기저기서 노랫소리들이 끊임없이 울려 퍼졌어. 노랫소리를 듣고 어여쁜 개구리들이 다가왔어. 서로 결혼식을 올리느라 조그만 웅덩이가 술렁였어. 바로 눈앞에서 결혼한 개구리 두 마리가 보금자리를 찾아 떠났어. 거꾸리 가슴이 갑자기 이상하게 콩닥거렸어.

"곧 무수한 알들이 태어날 게야."

쭈글이 할아버지는 거꾸리를 지그시 바라보며 말했어.

"난 저기 바위 아래서 좀 쉬고 있으련다."

쭈글이 할아버지는 몹시 지쳐 보였지. 목소리에 힘이 하나도 없었어.

그런데 참 이상하지. 다른 개구리 소리들을 들으며 거꾸리 귓불이 붉어졌어. 입 뒤 울음주머니가 거꾸리도 모르게 부풀어 올랐어. 부풀어 오른 울음주머니를 달싹였어. 엄마 산소에서 울 때와는 다른 울음이었어. 이제까지 내 보지 못했던 소리가 절로 나왔지. 소리들이 몸 어디에 숨었다 나오는 것만 같았어. 거꾸리는 가슴이 뛰었지. 더 크게 더 용감하게 노래를 불렀어. 그 노래를 좋아하는 암컷 개구리가 분명 있을 것 같았지.

저기서 이마에 흰 점이 있는 개구리가 다가왔어. 이름이 점순이래. 거꾸리는 얼른 점순이 등에 올라탔어. 점순이가 이끄는 논 가장자리로 가서 결혼식을 올렸어.

점순이가 알을 낳았지. 거꾸리가 드디어 아빠가 된 거야.

보이는 웅덩이마다 개구리 알들이 점점이 박혀 있었어. 알들이 빼곡히 들어앉은 웅덩이와 논바닥은 무척 아름다웠지.

거꾸리가 찾은 봄 89

거꾸리는 어서 어서 올챙이들이 보고 싶었어. 올챙이들이 어엿한 개구리들로 자라 폴짝폴짝 뛰게 될 날들을 그려 보다가 이내 우울해졌어. 봄이 오지 못하게 할 거라는 서리대왕의 말이 떠올랐거든.

쭈글이 할아버지는 얼마나 고단했는지 아직도 깊은 잠에서 헤어 나오지 못했나 봐. 아무리 기다려도 기척이 없어.

"할아버지, 할아버지! 어서 일어나세요."

거꾸리가 흔들어 깨웠지만 끝내 일어나지 못했어. 얼음 화살 상처에 다시 서리대왕 연구실 냉기를 맞았으니 무척 힘들었나 봐.

"할아버지, 할아버지, 이렇게 돌아가시면 어떡해요? 우리 애들은, 개구리 나라 아이들은 어떡하라고요. 서리대왕을 막을 방법을 알려 주고 떠나셔야지요."

울음이 멈추지 않았어. 점순이도 옆에서 같이 울었지. 쭈글이 할아버지를 물가에 묻었어. 가장 개구리다운 무덤은 물가라고 알려 주신 분이니까.

여름이 왔어. 거꾸리는 아이들이 알에서 깨고 올챙이가 되고 뒷다리 앞다리가 나오고 뛸 줄 아는 개구리가 되어 가는 걸 보며 행복했지. 곧 날기 비법을 전수할 생각도 하면서 말이야. 서리대왕 따위는 까맣게 잊었어. 아이들의 재롱을 보느라 그런 걸 생각할 겨를이 없었거든. 아이들 울음엔 이상이 없었어. 울음주머니도 부풀부풀 부풀려 보게 했더니 하나같이 튼튼했어. 거꾸리는 참 기뻤지. 가끔씩 비 오는 날 엄마 무덤이 생각났지만 슬퍼하지 않기로 했어. 쭈글이 할아버지 무덤도 어찌 됐는지 몰라. 그러나 가장 개구리다운 곳에 머물고 계실 거야.

비가 하염없이 내리고 단풍이 들더니 나뭇잎이 하나둘 하나둘 거꾸리 머리 위로 떨어졌어. 곧 겨울이 올 거야. 아이들을 데리고 땅속 깊이 집을 짓고 들어갈 때가 된 거지. 겨울잠을 자기 전에 우선 실컷 먹어 둬야 해. 배부르게 몇 개월을 견딜 만큼 충분히 먹었어. 성큼 자란 아이들과 함께 돌 틈 아래 땅속에 지은 집에 나란히 누워 눈을 감았어. 따뜻한 봄을 그리면서 말야.

흰 눈 속에 꽃을 피운 동백꽃에 동박새가 분주하게 오고 갔어. 매화꽃도 피고 졌어. 간질간질 거꾸리 코가 간지러웠어. 멀리서 실려 오는 이 냄새는 분명 봄 냄새였어. 정말 오래 기다렸어. 오줌이 너무 너무 마려웠어. 장독대에다 시원하게 오줌을 누고 싶었지. 논두렁에서, 개울가에서 돌돌돌 노랫소리가 곧 울려 퍼지겠지.

거꾸리는 천천히 나뭇잎을 들추고 땅속에서 고개를 내밀었어. 그런데 이게 웬일까? 개구리들이 겨울잠에서 깨어나야 하는데 코끝이 매워. 칼바람이 불고 있었지. 삼월인데 밖에는 눈보라가 몰아치고 있었어. 뛰쳐나가려던 거꾸리는 얼른 나뭇잎 문고리를 잡아당겼어.

둘레를 보니 개구리들은 아무도 일어나지 않았어. 죽은 듯이 잠들어 있을 뿐이었지. 순간 거꾸리는 잠든 채 돌아가신 쭈글이 할아버지가 생각났어. 서리대왕이 했던 말도 떠올랐지. 봄이 오지 못하게 할 거라던 말.

'서리대왕이 결국 일을 내고 말았군.'

거꾸리 몸에 소름이 퍼졌어.

땅 위 세상 사람들도 웅성거렸어.

"무슨 일이람? 봄이 올 때가 지났는데 이 무슨 조화야? 다시는 봄을 구경할 수 없게 되는 건가?"

거꾸리는 서리대왕을 용서할 수가 없었어. 이대로 개구리들이 모두 얼어 죽는다면 개구리는 이제 이 땅에서 사라질 거야. 아내 점순이와 아이들, 개구리 친구들을 이대로 잃을 순 없었어. 깔깔거리며 웃고 있을 서리대왕에 맞서야지. 거꾸리는 이를 악물고 일어났어. 점순이를 깨웠어. 그러나 점순이는 가늘게 눈을 뜨다 도로 감아 버렸어.

"안 돼, 여보. 일어나. 눈을 떠요. 이러다가는 우리 모두 얼어 죽게 돼요. 얼른 정신 차려요."

호루라기라도 있으면 좋으련만 거꾸리는 안타까웠어. 거꾸리는 큰 소리로 울었어.

모두 긴 잠에서 깨어나.

오늘은 우리가 깨어나야 하는 날.

경칩이라네.

어서어서 이불을 박차고 나가자.

눈곱을 떼고 기지개를 켜 봐.

그깟 눈보라쯤 이겨낼 수 있어.

담장 밑의 개구리야, 일어나, 어서 일어나.

시냇물 소리 들으며 시원하게 오줌을 눠야지.

가랑잎 이불은 걷어치워.

서리대왕은 우리 노래 멈추게 하지 못한다네.

서리대왕이 일 년 동안 연구한 비법으로 봄이 오지 못하게 했나 봐. 안간힘을 쓰며 노래를 부르는데 눈이 시렸어. 손이 곱았어. 다리가 후들거렸어. 숨 쉬기가 힘들었어.

거꾸리는 큰 소리로 점순이를 깨워 어깨를 감쌌어. 아이들을 힘껏 안았어. 따스한 온기가 전해졌지. 아이들이 가까스로 눈을 떴어. 개구리들이 거꾸리 노랫소리를 들으며 하나씩 깨어났어. 어깨에 어깨를 걸고 서로를 감싸고 입김을 쐬어 주었어.

거꾸리는 봄을 지킬 힘을 달라고 간절히 기도했어. 기도는 노래가 되었지. 우는 것밖에 할 줄 모르는 개구리, 거꾸리는 더 힘껏 울었어. 우렁차게 울었어.

나는야, 물구나무 잘 서서 거꾸리가 아니고
말 안 듣고 거꾸로만 행동해서 거꾸리인 개구리 거꾸리야.
서리대왕 네가 봄을 없애겠다면 나는 봄을 지킨다네.
나는야, 거꾸로 하는 개구리 거꾸리거든.
나는야, 거꾸로 하는 개구리 거꾸리거든.

세상 모든 개구리들이 거꾸리 울음소리를 듣고 눈을 떴어. 추워서 도로 눈을 감았다가 노랫소리를 듣더니 서로를 일으켜 주고 꼭 안았어. 몸이 점점 더워졌어. 힘차게 노래를 불렀어.

우리는 개구리, 노래 잘하는 개구리.
우리 노래는 봄을 부르는 노래라네.
손에 손을 잡고 다 같이 노래 부르자.
서리대왕에 맞서 다 같이 노래 부르자.
봄아, 봄아, 우리 노래 듣고 어서 어서 오너라.

노랫소리는 몇 시간 동안 이어졌어. 개구리들이 땅속에서 나왔어. 거짓말처럼 눈이 그쳤지. 개구리 마을에 반짝 햇살이 들었어. 해님도 거꾸리 노래를 듣고 얼굴을 내밀었나 봐. 서리대왕은 두 귀를 틀어막고 괴로워하며 무너지고 있을 게 틀림없어.

"와, 경칩이다. 정말 개구리들이 깨어났어. 봄이야. 드디어 봄이 왔어."

거꾸리는 사람들 목소리가 반가웠어.

개구리들의 합창을 들으며 사람들은 들로 나왔어.

"거꾸리 만세, 개구리 만세!"

사람들은 경칩(개구리가 깨어나는 날이야. 어려운 말로 하지 말고 그냥 '거꾸리가 깨어나는 날'이라고 부르면 돼.)에 약속을 지킨 개구리들을 위해 만세를 불렀어.

우는 것밖에 할 줄 모르는, 말 안 듣는 개구리가 봄을 지켰지.

아직도 봄날의 합창은 그치지 않고 있단다.

하늘나라에서 쭈글이 할아버지도 듣고 있겠지. 봄날의 합창을!

지하철에 고래가 나타났어요.

여러분이 지하철에서 고래를 만난다면 어떨까요?

지하철을 탄 고래

또 지각하게 생겼어요.

"이게 무슨 방학이야? 수학 특강, 영어 특강. 차라리 학교 가는 게 낫겠어."

내가 툴툴거리자 엄마가 등을 떠밀었어요.

"그러니까 깨울 때 좀 벌떡 일어나라니까!"

엄마는 버럭 소리 지르며 우유팩을 내 손에 건넸어요.

"이거라도 마시고 가."

"가면서 마실게."

엄마의 눈총을 뒤로하고 일단 뛰었어요. 뛰다가 잠시 숨을 고르며 우유를 마셨어요. 급히 먹는 바람에 우유를 점퍼에 흘렸어요. 손가락으로 대충

튕겨 내고 또 뛰었어요.

"휴우."

간신히 출발 직전인 지하철을 탈 수 있었어요. 전동차 문을 거울 삼아 머리를 빗었어요. 늘 가지고 다니는 빗으로요.

유리와 다빈이와 나는 빗 걸 트리오예요. 우리 셋이 빗을 산 건 4학년 2학기예요. 그때 베프가 되기로 약속했어요. 유비, 관우, 장비는 복숭아나무 아래서 형제의 의를 다졌다는데 우리는 팬시점 거울 앞에서 우정을 변치 말자고 약속했어요.

우리 셋이 뭉치면 못 할 게 없지요. 지난번에는 힘깨나 쓰는 언니 둘이 우리 앞을 막아선 적이 있거든요. 우리 셋이 한꺼번에 달려들어 언니들을 혼내 줬어요. 손목 물기, 돌려차기로 거뜬히 해치웠지요. 그다음부터 그 언니들이 우리 동네에는 코빼기도 안 비치던걸요.

지금 학원에 가면 저녁 8시나 돼야 집으로 와요. 이건 방학이 아니라 지옥이에요. 나는 창살 없는 감옥으로 가는 중이에요.

'어디야?'

유리한테서 온 문자예요. 유리는 벌써 학원에 도착했대요.

'지하철 안에서도 뛰고 있음, 차에 채찍질이라도 하고 싶음.'

답장을 보냈어요.

지하철은 지금 한강 다리를 지나고 있어요. 학원까지는 두 정거장 남았어요. 지하철 안은 방학해서 그런지 한산한 편인데 더디 가는 것만 같아요. 시계를 보았어요. 겨우 십 분 남았어요. 전동차 문이 열렸어요.

"으아악!"

믿지 못할 일이 벌어졌어요. 그것도 바로 내 눈 앞에서요.

전동차 문이 열리자마자 내 키 두 배만 한 고래가 안으로 '퍽' 하고 쓰러졌어요.

넓고 넓은 바다에 있어야 할 고래가 이런 도시 한복판에, 게다가 이렇게 좁디좁은 지하철 안에 나타날 리가 없잖아요. 잠이 덜 깼나 하고 내 볼을 꼬집었어요. 꿈이 아니었어요.

고래는 꼬리지느러미를 파닥이다 얌전히 있어요. 사람들은 일제히 휴대폰을 들어 사진을 찍기 시작했어요. 숨을 죽이고 동영상을 촬영하는 이들도 있어요.

신고가 들어갔는지 곧 119 구조대원이 달려왔어요. 당연히 지하철은 운행을 멈췄고요. 지하철 주위가 아수라장이 됐어요.

나는 이건 고래가 아니라 고래 괴물일 거라 생각하기로 했어요. 얼른 학원으로 가야 하니까요. 방학 특강이 9시부터 시작되거든요. 껑충껑충 텀블링하듯 계단을 뛰어올라갔어요. 다행히 학원 앞으로 가는 버스가 막 다가

왔어요.

달리기 시합에 나간 선수처럼 달렸건만 수학 선생님은 교실 앞에 떡 버티고 서 있었어요.

"고래, 고래가 지하철에 나타나서요. 일부러 그런 게 아니라 고래 때문에……."

"뭐? 고래 좋아하시네. 늦잠 잤으면 잠꼬대나 말지."

어쩔 수 없이 나는 지각한 벌로 서른 문제를 더 풀고 집에 가야 했어요.

뉴스에 지하철에서 본 고래가 나왔어요. 놀라는 사람들 틈에 나도 찍혀 있었어요. 진짜 고래였나 봐요.

"엄마, 엄마! 나 텔레비전에 나왔어."

엄마는 김치를 썰다 말고 김치 국물 묻은 칼을 들고 달려왔어요.

"쯧쯧, 지각한 거 전국 방송에 다 탔네. 다 탔어."

"엄마는 지금 그게 문제야? 안 보여? 고래잖아, 고래!"

"어떻게 고래가 이곳까지 올 수 있었을까요? 마른 육지에선 한 시간도 버티기 힘들 텐데 말입니다. 고래는 신속히 수족관으로 옮겨졌고 아직까지는 별다른 이상이 보이진 않습니다. 당국에서는 조사를 위해 고

래 전문가 팀을 꾸렸습니다. 전문가들은 고래의 도심 출현에 의아해하
며 조사를 벌이고 있습니다. 이상 팡팡 뉴스 조남호 기자였습니다."

"진짜가? 진짜 고래 맞나?"

경상도 사투리가 튀어나온 걸 보면 엄마도 뉴스가 믿기지 않나 봐요. 두
눈으로 직접 확인한 나도 믿기지 않는데 당연하죠.

"기왕 지각한 거 천천히 제대로 휴대폰에 담아 올걸. 평생 한 번 볼까 말
까 한 고래를 만난 건데!"

"으이그, 지각한 게 뭔 자랑이라고? 그러다 특목중은 물 건너……."

바닥에 흐른 김칫국물을 닦으며 엄마는 혀를 찼어요. 나는 재빨리 내 방
으로 들어와 버렸어요.

고래는 텔레비전 화면에서 사라졌지만 내 머릿속에서 양쪽 지느러미를
흔들며 밤늦게까지 헤엄쳐 다녔어요.

자기 전에 나는 알람이 제대로 설정됐는지 확인했어요. 숙제 하던 거 끝
내고 가려면 일찍 일어나야 해요.

7시에 알람이 울렸어요.

"7시에 깨워 달라고 해 놓고 아직까지 자고 있으면 *어떡해?* 7시에 깨워
달라고 해 놓고 아직까지 자고 있으면 *어떡해?*……"

휴대폰 알람은 새된 목소리로 같은 말을 수십 번도 넘게 외쳤어요. '어떡해?' 할 때는 '뎃, 이놈!' 하는 목소리로 금방이라도 지팡이를 휘두를 것만 같았어요.

"이은정, 얼른 꺼! 귀 아파."

엄마 목소리는 화재경보기만큼이나 요란스러웠어요.

알람을 누르고 다시 이불을 뒤집어썼어요.

눈치챈 엄마가 들어와 이불을 휙 젖혔어요.

나는 눈을 비비며 엉금엉금 화장실로 기어 들어갔어요.

띠링!

다빈이 문자예요. 학원에 같이 가자네요.

후다닥 숙제를 끝내고 나갔어요. 20분이나 일찍 나왔으니 뛸 필요가 없어요.

지하철역 안으로 들어가는데 사람들이 다다다 뛰어가요. 오른쪽 통행을 하고 싶었지만 그럴 수가 없어요. 양쪽 통로 모두 사람으로 꽉 찼어요.

다빈이가 지하철 승강장 3-4에서 기다리고 있었어요.

우리는 머리를 빗고 또 빗었어요. 지하철에 빛이 와르르 들어오고 한강 다리를 막 지날 때였어요.

"쿵!"

지하철이 멈춰 섰어요.

"옴마야!"

나와 다빈이는 깜짝 놀라 뒤로 한 발 물러났어요.

고래 2가 또 지하철에 나타났어요.

"어머머, 어제도 왔다더니 이게 무슨 일이야? 고래들이 점점 미쳐 가나 봐."

사람들이 웅성웅성 시끌시끌 야단이 났어요.

"오 마이 갓! 거짓말이 아니었어!"

다빈이가 기겁을 했어요.

나는 휴대폰으로 잽싸게 찍기 시작했어요. 사진을 선생님께 보여 주면 지각해도 뭐라 할 수 없을 테니까요. 고래 곁으로 다가갔어요. 그러자 고래가 오른쪽 지느러미를 까닥까닥 흔들었어요. 하마터면 나는 손을 내밀어 잡을 뻔했어요.

지각하겠다는 소리가 들려오긴 했지만 사람들 대부분은 고래 주위로 몰려들었어요.

고래는 가쁜 숨을 몰아쉬지도 않았어요. 심지어 나직나직 손을 흔드는 게 아니겠어요? 다빈이는 놀랐는지 사진 찍을 생각도 못 하나 봐요. 나는 고래의 일거수일투족을 동영상으로 세세히 담았어요. 고래의 눈짓 하나 놓치지 않았어요.

곧이어 119 구조대가 도착했어요. 우리는 버스로 갈아타지 않고 일부러 지하철이 정상 운행되기를 기다렸어요. 고래와 우리가 탔던 지하철을 그대로 타고 학원으로 갔어요.

"우리나라 언제부터 이렇게 변했니?"

다빈이는 필리핀으로 어학연수 갔다가 두 달 만에 돌아왔어요. 일주일 전에 한국으로 돌아왔는데 거기서 이십 년은 살다 온 사람처럼 물었어요.

나도 이상하긴 마찬가지예요. 왜 연이어 이틀 동안 고래들은 지하철 안으로 뛰어들었을까? 일어날 것 같지 않은 일들이 일어나는 세상이라고는 하지만 너무 이상해요.

하루 종일 지하철 고래가 떠올라 수업에 집중할 수가 없었어요. 엄마가 이 사실을 알면 고래를 만난 기억을 다 쓸어내 버리고 싶을 거예요.

"무슨 생각을 그렇게 해? 토요일 시험, 준비 잘 했어? 눈 뜨고 있는 시간엔 학원, 학원이네."

유리가 울상을 지으며 다가왔어요.

"제발 늦잠 좀 실컷 자 봤으면 좋겠어."

유리가 연거푸 하품을 하며 말했어요.

"오늘도 지하철에 고래가 나타났어. 이러다 지구에 종말이 오는 거 아닐까?"

나는 수학 문제집 꺼낼 생각도 잊었어요.

"은정아, 봤지? 고래 표정, 고래 손지느러미! 고래가 우리한테 할 말이 있는 눈치였어. 내가 우리 푸푸랑 십 년을 살아서 웬만하면 동물들 눈빛만 봐도 알거든."

푸푸는 다빈이가 키우는 강아지예요.

"자, 자, 조용히 하고 숙제 꺼내!"

몬스타라고 불리는 이만수 수학 선생님이 우리 대화를 뚝 끊어 놓았어요.

이렇게 감옥 같은 하루가 시작되었어요.

지하철 고래가 아이돌 스타들을 제치고 검색어 1위를 차지했어요.

지하철 고래 1, 2가 수족관에서 꼼짝 않고 있었어요.

'뭐지? 이 고래들?'

내가 텔레비전에 나온 고래 앞으로 다가가자 고래들이 갑자기 헤엄쳐 내 앞으로 다가왔어요. 금방이라도 텔레비전에서 튀어나와 내 손을 잡을 것만 같았어요. 네 개의 눈동자가 나만 보고 있었어요. 나도 빤히 마주 보았어요. 다빈이 말마따나 고래들이 뭔가 할 말이 있는 눈치였어요.

텔레비전 화면은 고속도로 사고 현장으로 바뀌고 말았어요.

'아, 맞다. 내 폰!'

휴대폰에 촬영한 고래가 생각났어요. 휴대폰 연결 잭을 찾아 컴퓨터에 연결시켰어요. 우리 집에 온 지 5년 된 컴퓨터는 꾸물꾸물 부팅이 느려요.

드디어 다운 완료. 나는 다시 지하철을 탄 기분이 되었어요. 줌을 당겨 고래 2의 눈을 보았어요. 내 얼굴을 다 담고도 남을 만큼 눈이 커졌다가 작아졌어요.

맙소사, 고래가 나를 보고 웃었어요.

"고래야, 넌 왜 여기에 왔니? 어떻게 왔니?"

고래 눈을 보는 순간 나도 모르게 고래에게 묻고 말았어요.

"실은 너도 고래야!"

고래가 대답했어요. 나는 흠칫 놀랐어요. 컴퓨터 화면을 얼른 껐어요. 심장이 벌렁거렸어요.

'웃기는 고래 같으니라고! 고래 눈에는 사람도 고래로만 보이나?'

어이가 없었어요. 놀라 껐던 모니터를 꾹 눌러 다시 켰어요.

고래는 화면이 켜지기를 기다리고 있었다는 표정이었어요. 고래 지느러미가 클로즈업되었어요.

"만나서 반가워!"

고래가 내게 지느러미를 내밀었어요. 매끈하고 예쁜 팔이었어요.

'어쭈, 이 고래 봐라.'

"내가 왜 고래야?"

고래에게 따져 물었어요.

"그건 네가 더 잘 알잖아."

고래가 말했어요.

"뭐? 이런 황당한 고래 같으니라고."

나는 이 고래 종류가 뭔지 검색해 보았어요.

그 고래는 남방큰돌고래였어요.

"넌 어떻게 여기 왔니?"

고래가 대답했어요.

"한강을 거슬러서. 너희 만나러!"

"네가 무슨 연어니? 강을 거슬러 오게?"

고래는 눈을 한 번 껌벅이더니 뭔가 말하려던 참에 화면이 끝나 버렸어요.

'내가 고래라고? 우리를 만나러 왔다고? 강을 거슬러?'

고래는 분명 무슨 말을 하고 싶은 것 같았어요.

'왜 고래가 하필?'

'무슨 말을 하려던 거지?'

내 머릿속은 고래 생각으로 가득 찼어요.

"오늘의 포커스 만남에는 어제에 이어 이틀째 지하철에 나타난 고래 연구를 맡은 심일해 박사님을 모셔 보았습니다. 박사님, 미스터리가 한 두 가지가 아닌데요. 어떻게 고래가 지하철까지 올 수 있었을까요?"

마침 아빠가 틀어 놓은 거실 텔레비전에서 고래 얘기가 흘러나왔어요. 얼른 거실로 나가 텔레비전 볼륨을 높였어요.

"아직 답을 찾지 못했습니다만 한강에 온 고래가 목표물을 향해 점프를

지하철을 탄 고래

했거나 누군가의 도움을 받아, 예를 들면 다른 큰 고래의 분수, 즉 물기둥을 타고 올라왔을 수도 있고요. 아직 확실한 것은 모릅니다. 상상만 해 볼 뿐이죠. 여러 가지 가능성을 다각도로 열어 놓고 조사 중입니다."

"고래는 민물에서 살 수 있습니까? 그리고 고래가 왜 육지까지 왔을까요?"

아나운서가 다시 질문을 던졌어요. 나는 침을 꼴깍 삼켰어요.

"극히 드물긴 합니다만 민물에서 살 수 있는 고래도 없진 않습니다. 목적이 무엇이었는지는 모르지만 고래들의 이번 행동은 분명한 의도가 있을 거라 생각됩니다. 고래가 전달하려는 메시지를 알아내는 데 우리 연구팀은 총력을 기울이고 있고요. 고래가 사람 말을 하면 참 좋을 텐데 말입니다. 모든 것은 연구가 마무리되는 대로 자세히 알려 드리겠습니다."

텔레비전에는 다음 장면이 이어졌어요. 수족관에는 고래들이 몇 마리 더 있었어요. 우리가 만난 고래들도 거기 함께 있었어요.

그때 나는 보았어요. 지느러미가 축 늘어진, 슬픈 고래 얼굴을.

고래들은 새장에 갇힌 새처럼 움직이지 않았어요.

"은정아, 너, 봤지? 고래 말야."

다빈이는 엄마가 들을까 봐 그러는지 전화로 속삭였어요.

"안 그래도 지금 보고 있었어. 남방큰돌고래들이래. 고래가 할 말이 있어서 온 거 같아. 지하철까지."

"그치? 그치? 나도 그런 생각이 들어. 우린 통한다니까."

다음 날, 우리는 학원에 가는 대신 셋이 도서관에 모여 의논을 했어요.

"난 고래 마음 알 것 같아. 필리핀 어학원에 갇혔을 때 내가 딱 고래 신세였거든. 거기 사람들과는 말도 통하지 않고, 진짜 죽을 맛이었어."

다빈이는 그때가 기억난 듯 어깨를 부르르 떨었어요.

"우리도 너 보고 싶어서 죽는 줄 알았어. 그래도 넌 필리핀에서 멋지게 탈출했잖아. 이번엔 학원을 탈출하는 방법에 대한 책도 한번 써 봐!"

유리가 진지한 표정으로 말했어요.

"고래들은 바다로 가야 해. 자유 찾아!"

우리 셋은 고래에게 자유를 찾아 주자고 손을 포개어 의지를 다졌어요.

텔레비전에 나왔던 연구소를 수소문해서 전화를 걸었어요. '한뼘통화' 기능을 누르고 모두 들을 수 있게 통화했어요.

"박사님, 고래들을 바다로 가게 도와주세요."

박사님은 대꾸도 없이 전화를 툭 끊어 버렸어요.

다음 날 다빈이가 또 전화했어요. 다빈이 목소리가 떨렸어요.

"풀어 주세요!⋯⋯."

전화기 너머에선 한숨만 새어 나왔어요.

"제발요!"

유리가 간절히 부탁하고 부탁했어요. 박사님은 어렵게 입을 열더니 여러 가지 이야기를 했어요. 우리가 이해 못 할 말이 반이었어요.

박사님의 얘기가 하나도 귀에 들어오지 않았어요.

"고래들이 갇혀, 있는 거, 싫대요. 제발요."

다빈이 말소리가 뚝뚝 끊어졌어요.

끄응, 박사님은 뭔가 말을 이으려다 끄응 앓는 소리만 냈어요.

사일째 되는 날, 학원에서 집으로 연락했나 봐요. 우리가 빠진 수업을 보충해 주려고 시간을 잡으려 전화한 거였어요. 그 바람에 모든 게 우리 예상보다 빨리 들통 나고 말았어요. 세 가족 모두 단체로 여행 간다고 둘러댔었는데 말이에요.

"야, 이은정. 너 학원 왜 안 갔어? 학원 안 가고 어디 있었어? 이젠 거짓말까지 하고."

엄마는 거의 뒤로 넘어갈 지경이 되어서 소리를 질렀어요. 나도 더는 물러설 수 없었어요.

"학원 안 가! 이게 무슨 방학이야?"

"널 위해 그런 거지."

"싫어! 날 위해서라고 하지 마!"

나도 유리도 다빈이도 폭탄선언을 했어요.

"고래들이 풀려날 때까지 안 갈 거라고!"

"고래들이 너랑 무슨 상관인데?"

엄마가 어처구니없다는 듯 주먹으로 가슴을 쳤어요.

"난 고래니까!"

나는 차분하게 대답했어요.

"너, 미쳤니? 넌 사람이야. 고래가 아냐."

엄마는 소파에 털썩 주저앉았어요. 소리칠 힘도 없는 것 같았어요. 나는 조금 미안했지만 엄마도 끌어들이려면 어쩔 수 없었어요. 엄마들의 도움이 필요하다는 걸 알고 우리는 그렇게 하기로 약속했거든요.

엄마들도 어쩔 수 없이 고래 바다 보내기 대작전에 참여했어요.

그런데 우리만 고래를 바다로 보내기 위해 노력한 게 아니었어요. 환경 운동 단체에서도 고래를 바다로 돌려보내자는 운동을 하고 있었어요.

"고래들을 바다로 돌려보내 주세요!"

SNS마다 뜨거워지기 시작했어요. 내 폰에 찍혔던 고래 사진이 여기저기 실렸어요.

"여러분, 이 고래들이 왜 지하철에 뛰어들었을까요? 지난번에 잡힌 고래 친구들을 구하기 위해서입니다. 고래들은 바다로 가야 합니다."

우리는 사람들과 피켓을 들고 거리로 나갔어요. 다빈이 목소리가 가장

컸어요.

　며칠 뒤 기쁜 소식이 들려왔어요.

　"적응을 끝낸 돌고래들을 모두 바다로 돌려보내기로 했습니다!"

　그동안 연구소, 방송국, 신문사 등에 고래를 풀어 줘야 한다는 전화가 빗발쳤다고 해요.

　우리는 텔레비전을 통해 바다로 떠나는 고래들을 지켜보다가 울컥, 목이 메었어요.

　자유를 찾아 떠나는 고래를 향해 우리는 손을 흔들어 주었어요.

　"잘 가, 친구들아!"

　약속대로 우리는 남은 방학 동안 학원에 가야 했어요. 개학 날을 손꼽아 기다리면서요.

　다음 날도 그 다음 날도 고래는 지하철에 오지 않았어요.

　"오늘은 설마 고래가 올까?"

　우리는 은근히 고래를 다시 만나기를 기대했어요. 한편으로는 오지 않아 다행이라고 생각하면서 말예요.

　"나는 후회되는 게 하나 있어."

　다빈이가 말했어요.

"그게 뭔데?"

유리가 머리를 빗으며 물었어요.

"고래 만났을 때 인사를 못 한 거. 그게 후회돼. 우리도 고래라고 했는데 고래끼리 반갑게 인사했어야 했는데 말이야. 에잇!"

다빈이가 내 머리를 빗어 주며 말했어요.

우리는 손가락을 걸고 약속했어요. 이다음에 지하철인 아닌 바다에서 고래를 만나기로요.

"여기 뭐가 들었는지 알아?"

다빈이가 주머니를 톡톡 치며 물었어요.

"뭔데? 어디 보자, 아무것도 없는데?"

유리가 다빈이 주머니를 뒤졌어요.

"우리가 바다에서 고래를 만나면 건넬 인사말! 마음의 눈으로 봐야 보여."

다빈이가 수줍게 웃었어요.

"인사말?"

다빈이가 고개를 끄덕이며 손을 내밀었어요. 고래와 만날 때를 위해 미리 연습했어요.

"고래야, 만나서 반가워! 우린 널 기다렸어."

우리는 다빈이와 번갈아 악수했어요.

지느러미 팔을 흔들며 웃던 고래의 모습이 겹쳐졌어요.

내 주머니에도 고래에게 건넬 인사를 넣어 뒀어요.

"고래야, 만나서 반가워! 우린 널 기다렸어."

우리는 주머니에 사는 인사말이 밖으로 나오게 될 날을 기다리고 있어요.

고래야, 만나서 반가워!

우린 널 기다렸어